U0024347

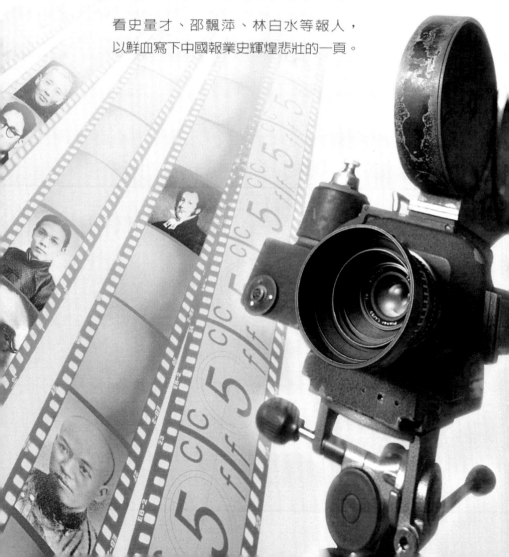

前事今識

鄭連根　著

——中國近現代的新聞往事

看史量才、邵飄萍、林白水等報人，
以鮮血寫下中國報業史輝煌悲壯的一頁。

　　我大學時學的是新聞專業，畢業後在一家報社工作，也算是一名新聞工作者吧。在工作的過程中，我發現理想和現實反差甚大，曾經的豪情萬丈和當下的殘酷環境很不搭調，課堂上的理論推演和奔波中的塵勞造作相互抵牾。

　　按說，新聞以披露真相為第一要義，可實際上，很多真相根本就不讓你披露。這期間的苦衷相信大多數的傳媒人都有感同身受的體驗，不用我在此多說。後來我還發現，不僅現實生活中的真相會被大量掩埋，就是歷史真相也被人有意隱藏。

　　僅就一百多年的近現代新聞史而言，其間就有數不清的史實被有意無意地遮蔽了。許多新聞前賢的精神追求和人生建樹沉睡在歷史的縫隙中，不為普通民眾所知（就連今天傳媒人怕也對這段與自己職業緊密相關的歷史知之甚少）。我認為，這無論如何都是一種缺憾。沒有歷史的發展脈絡做參考，勢必影響今天的傳媒人對自己人生座標的選擇與堅守；割斷今天與歷史的血脈聯繫，當然會妨礙我們精神之樹的培護與成長。

　　我們需要回首來時路，我們需要仰望前賢行。基於此，我用了兩三年的時間集中研讀中國新聞史，閱讀的一個收穫就是寫下了這本書。新聞史的內容非常豐富，我無力全部涉獵，只能就自己感興趣的人物和現象稍做發揮，權作是對自己與新聞結緣的一種淺薄的交代吧。

　　需要說明的是，「前事」之真難求，「我識」之妄難去。疏忽之處與「我執」之見在所難免，還望方家不吝指教。

前事今識
中國近現代的新聞往事

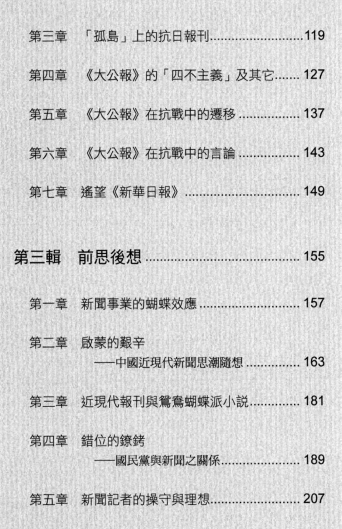

第一輯

前人往事

張季鸞：隆重的葬禮與文人論政

1941年9月6日，新記《大公報》的主筆張季鸞在重慶逝世。他的葬禮極為「豪華」，其一，國共兩黨的最高領導人同時對張季鸞做出了極高的評價；其二，參加張季鸞葬禮的人來自三教九流，就連杜月笙都撫棺痛哭；其三，在民國的歷史上，為一報人舉行如此隆重的追悼活動，張季鸞是第一人，在他之後，也無人再獲此殊榮了。所以說，張季鸞的葬禮真可謂空前絕後。

蓋棺定論，我們且看張季鸞去世後的各方反應──

國民黨領導人蔣介石的唁電是：「《大公報》社轉張夫人禮鑒：季鸞先生，一代論宗，精誠愛國，忘劬積瘁，致耗其軀。握手猶溫，遽聞殂謝。斯人不祿，天下所悲。愴悼之懷，匪可言罄。特電致唁，惟望節哀。」

中國共產黨領導人毛澤東、陳紹禹（王明）、秦邦憲（博古）、吳玉章、林祖涵（林伯渠）的聯名唁電是：「季鸞先生在歷次參政會內堅持團結抗戰，功在國家。驚聞逝世，悼念同深。肅電致悼，藉達哀忱。」

周恩來、董必武、鄧穎超的唁電是：「季鸞先生，文壇巨擘，報界宗師。謀國之忠，立言之達，尤為士林所矜式。不意積勞成疾，遽歸道山。音響已沉，切劘不再，天才限於中壽，痛悼何堪。特此馳唁，敬乞節哀。」

周恩來和鄧穎超還以私人身份寫了輓聯：「忠於所事，不屈不撓，三十年筆墨生涯，樹立起報人模範；病已及身，忽輕忽重，四五月杖鞋矢次，消磨了國士精神。」

國民黨中央政府在9月26日發了《國民政府褒揚令》：「國民政府九月二十六日令：張熾章學識淵通，志行高潔，從事新聞事業，孜孜矻矻，歷三十年。以南董之直筆，作社會之導師，凡所論列，洞中竅要。抗戰以來，尤能淬礪奮發，宣揚正誼，增進世界同情，博得國際稱譽。比年連任參政員，對於國計民生，並多貢獻。茲聞積勞病逝，軫悼殊深，應予明令褒揚，用昭懋績。此令。」

中國共產黨在國統區的機關報《新華日報》於1941年9月26日發表了短評，題目是〈季鸞先生對報業的貢獻〉。

從1927年國共兩黨分裂後，兩黨最高領導人能對同一個人同時做出如此高的評價，實屬罕見。當然，我們可以說這種評價是國共兩黨在合作抗戰的背景下做出的，事實也是確實如此。但是，我們無法就此否認張季鸞先生所贏得的極高聲望。從這些唁電和輓聯上我們也可清楚地看到，各方在當時對張季鸞的褒揚絕對是出於共識，而不是為了「表演」和「作秀」。很多人都知道，張季鸞是蔣介石的「國士」，兩人私人關係很好，所以，蔣介石對張季鸞的評價我們可以先放在一邊不說，單共產黨方面，周恩來除了官方的唁電之外還要親寫輓聯，而且還將「文壇巨擘」、「報界宗師」、「報人模範」這些詞毫不吝惜地題給張季鸞。這很能說明問題。而且，在1938年，周恩來就曾經說過：「做總編輯，要像張季鸞那樣，有悠哉遊哉的氣慨，如遊龍飛虎、游刃有餘。」毛澤東也曾對吳冷西說過：「張季鸞搖著鵝毛扇，到處做座上客。這種眼觀六路、耳聽八方，觀察形勢的方法，卻是當總編輯的應該學習的。」毛澤東說這番話的時間是1958年，那時《大公報》及張季鸞早被「批倒批臭」了。可見，即便是在大批特批的時候，毛對張季鸞的才華還是認可的。

那麼，張季鸞到底是怎樣的一個人，能夠做到八面玲瓏「到處做座上客」？能夠「如遊龍飛虎、游刃有餘」？

張季鸞（1888-1941），名熾章，陝西榆林人。他幼年時有點口吃，還體弱多病，但文章卻寫得又快又好。光緒三十一年（1905），張季鸞和魯迅一樣到日本去留學，學政治經濟學。1918年，他與吳鼎昌、胡政之三人合作，組建了「新記公司大公報」，1926年，新記《大公報》復刊，他做起了《大公報》的總編（時稱「主筆」）。他一生的赫赫大名也就是在《大公報》寫就的。

　　《大公報》是英斂之在1902年創辦的，報名取「忘己之為大，無私之為公」之意，以「開風氣，牖民智」為宗旨，創刊之初即以直言敢諫而著稱。熊少豪先生《五十來年北方報紙之事略》中說：「《大公報》創辦之始，宗旨純正，言論激切，一時聲譽鵲起，惜鋒芒太露，致遭官府之忌，而惹政客之注意，卒為某黨所收買，坐是營業日散，銷路日減。」就是《大公報》「銷路日減」的情況下，吳鼎昌、胡政之、張季鸞三人接手了《大公報》，從而將《大公報》帶到了最輝煌的時期，報業史上將《大公報》這段黃金歲月稱作「吳胡張時期」，這也幾乎可以看作是中國民營報刊的黃金時期。關於《大公報》的詳細情況以及中國民營報刊的發展等問題，筆者打算另文論及，故本文不過多闡發。

　　張季鸞是《大公報》的總編（吳鼎昌是董事長，胡政之是總經理），他在1926年新記《大公報》的發刊詞中即發表了著名的〈本社同仁之志趣〉一文，這是新記《大公報》的綱領性文件，此文闡述了《大公報》著名的「四不」方針，即「不黨、不私、不賣、不盲」。張季鸞對「四不方針」的解釋是：「曰不黨：……純以公民之地位，發表意見，此外無成見，無背景。凡其行為利於國者，擁護之；其害國者，糾彈之。……曰不賣：……聲明不以言論作交易，不受一切帶有政治性質之金錢補助，且不接受政治方面入股投資，是以吾人之言論，或不免囿於智識及感情，而斷不以金錢所左右。……曰不私：本社同人，除願忠於報

紙固有之職務外，並無它圖。易言之，對於報紙並無私用，願向全國開放，使為公眾喉舌。曰不盲：夫隨聲附和，是為盲動，評訐激烈，昧於事實，是謂盲爭，吾人誠不明，而不願限於盲。」由此可見，新記《大公報》從一開始就將自己定位為不受黨派和政治勢力控制的獨立的社會公共輿論平臺，它不但主張言論自由，而且還主張經濟獨立。

在具體的辦報活動中，張季鸞始終堅持「四不」主義，對時局進行盡可能公正、客觀的報導和評論。有幾個事例可以說明這一點，1930年早春，蔣介石連續三次圍剿紅軍，《大公報》在追蹤報導中，不乏肯定紅軍的文章，二十世紀三十年代，國民黨要求各個報刊一律稱共產黨為「共匪」，只有《大公報》從未服從這個命令。1935年，在國民黨一片「剿匪」的聲中，《大公報》就發表了范長江採訪延安的稿子，報導了陝北的真相。不僅如此，《大公報》還派曹谷冰踏上去蘇聯採訪的遠途，曹谷冰也就成了中蘇恢復外交前後第一位連續報導蘇聯建設成就的中國記者。

張季鸞具有一個優秀報人知錯就改的勇氣。他說，作為一個報人，天天在評國內外大事，不會無誤，有錯就改。在抗戰之初，台兒莊大捷，大大地鼓舞了全國軍民。張季鸞知道這個消息後也很高興，就在1938年4月26日漢口版《大公報》上發表了社評〈這一戰〉，文中說：「這一戰，當然不是最後決戰，但不失準決戰。因為在日軍軍閥，這一戰就是他們的掙扎。」「這一戰，我們勝了就可以得到這樣的證明，從此以後日閥在精神上失了立場，只有靜待末日的審判。」張季鸞的這種觀點顯然過於樂觀，屬於毛澤東批評的「速勝論」。不過，等毛澤東發表了〈論持久戰〉一文後，張季鸞很快就領悟到了自己的失誤，在後續幾篇社評中便大力宣揚毛澤東持久戰的思想。1941年5月，日軍進攻中條山國民黨軍隊，發動了中條山戰役。日軍在軍事進攻的同時，還到處散佈謠言，以混淆視聽。日語對華廣播說：「以中條

山為中心盤踞於山西省東南之第十八集團軍（即八路軍）主力，於我軍攻擊重慶軍時，不但始終持對岸觀火態度，且出動游擊隊威嚇重慶軍側面，並乘機解除敗殘軍之武裝」，「日軍與共軍素不彼此攻擊」，以挑撥國共關係。國民黨為轉移國人的視線，也利用自己手中的新聞媒介，傳播什麼「八路軍不願和國民黨中央軍配合作戰，乘機擴大地盤」等謠言。蔣介石還指派陳布雷請《大公報》總編輯張季鸞、渝館總編輯王芸生出來說說話。當時，《大公報》作為一份民間報紙，影響比《中央日報》大得多。在張季鸞的安排下，王芸生撰寫了那一篇題為〈為晉南戰事作一種呼籲〉的社評。社評在引述日軍的謠言後說：「這些說法，固然大部出自敵人的捏造，惟既播之中外，其事實真相，自為中外人士，尤其我們忠良各界亟願聞知。因此，我們熱誠希望第十八集團軍能給這些說法以有力的反證。」正在重慶的周恩來，看到這篇社論後，當夜疾書一封長信給《大公報》的張季鸞、王芸生，說明晉南戰事真相。周恩來的信寫得非常委婉，首先說：「季鸞、芸生兩先生：讀貴報今日社評〈為晉南戰事作一種呼籲〉，愛國之情，溢於言表，矧在當事，能不感奮？」接下來，信中一方面駁斥敵寇的謠言，另一方面歷陳八路軍的抗戰業績和共產黨團結抗戰的誠意。

接到周恩來的信，張季鸞、王芸生也很重視，他們不顧重慶一邊倒的輿論氛圍，毅然接受了周恩來提出的「將此信公諸讀者」的建議，於5月23日在《大公報》重慶版上全文刊登了周恩來的來信，並配發社評〈讀周恩來先生的信〉，再次呼籲國共合作，團結抗戰。而這篇〈讀周恩來先生的信〉的社評，就是張季鸞先生在病床上寫就的。

正因為張季鸞在辦報實踐中始終堅持「不偏不倚」、客觀公正的立場，所以，國共雙方的領導都很重視《大公報》，也很看重張季鸞。毛澤東曾經說：「別人都不把我們共產黨當人，只有《大公報》把我們當人。」蔣介石更是視張季鸞為「國士」。

西安事變發生後,張季鸞力主保全蔣介石、和平解決西安事變,這之後,蔣介石每遇大事都請張季鸞到南京商量,張季鸞也以國士報之,知無不言,言無不盡。關於蔣介石特別看重張季鸞,還可從一件小事上看出:一次,蔣介石大宴群僚,可時間已到,還有一位客人未來。大家不知是什麼重要人物。正猜測間,蔣介石陪著一位身著布履長衫的小老頭進來並讓至主賓席。蔣向大家介紹:「這位是張季鸞張先生,道德文章,名滿天下。」席間,蔣還不斷為張布菜勸飲,讓那些大員們驚詫不已。

在二十世紀二、三十年代複雜的政治背景下,張季鸞以一個報人的身份能夠贏得方方面面的認可,實在是他的獨到之處(當然,他和蔣介石的關係也成了日後被批評為「小罵大幫忙」的藉口)。據《大公報》的老報人回憶,張季鸞非常好客,極有人緣。三教九流都有他的朋友,他跟蔣介石關係不錯,跟中共的林伯渠也相交甚厚。民國初期,他跟林伯渠都任過孫中山先生的秘書。1936年秋,他去西安暫住,與林會晤,二人徹夜長談。張季鸞酷愛崑曲,跟京劇泰斗梅蘭芳、名崑俞振飛也是好朋友。更絕的是,在他的葬禮上,「黑道」頭子杜月笙趕到,撫棺痛哭,連呼「張四哥,張四哥」,悲痛至極,搞得在場的很多名流都懵了:為何杜月笙對張季鸞還有如此深厚的感情?!

當然,為人一生,不可能沒有點私人恩怨。那麼跟張季鸞結怨的人是誰呢?他就是大名鼎鼎的郭沫若。結怨的原因也很簡單:兩人一度是情敵。許多人都知道,郭沫若先生最後的夫人是于立群,但很少有人知道,于立群有個姐姐,名叫于立忱。據說,于立忱當年不僅美貌絕倫,而且才華橫溢,張、郭二人紛紛為之傾倒。二人俱是文人,都風流倜儻,文采出眾,況且,于立忱還是中共地下黨,張、郭二才子又均屬於共產黨「爭取」的對象,所以,于小姐一時難於做出抉擇。張、郭為于小姐爭風吃醋,關係自然好不了。可是,到了1937年,于立忱小姐突然自縊身亡了,自殺之前,于立忱曾經向包括郭沫若在內的好友「打過

招呼」：希望日後多多照顧妹妹于立群。于立忱自殺後，郭沫若自然不忘囑託，終將于立群照顧成了自己的夫人。張、郭爭于立忱，不想于立忱中途「撤出」，兩位才子算爭了個平手，可郭沫若最後將于立忱的妹妹照顧成了夫人，總算有所收穫。

張季鸞是一個成功的報人，他的一生幾可用清貧二字概括。于右任曾以「恬淡文人、窮光記者，嘔出肝膽」來形容。儘管如此，張季鸞卻豪爽仗義，常為朋友慷慨解囊，毫不吝惜。他的好友邵飄萍遇害後，張季鸞剛由上海流落天津，經濟上也相當拮据。但他還是對祝文秀（邵飄萍的妻子）和她的母親慨然相助，將母女二人由北京接往天津。從1926年至1929年，祝氏母女在天津居住三年之久，張季鸞先生每月饋贈生活費一百元。1938年7月7日，抗戰周年之際，武漢三鎮舉行獻金運動，支援抗戰。張季鸞慷慨解囊，把親友在兒子過生日饋贈的金銀首飾全部獻出。其夫人求先生留兩件以作紀念，也被他勸阻。

1912年，張季鸞經于右任推薦，任孫中山的秘書，曾為孫中山先生起草〈臨時大總統就職宣言〉，此件事為先生引以自豪的三件事之一，另兩件事是：續辦《大公報》和老年（五十歲）得子。張季鸞是在抗日的艱難時刻去世的，在臨終前，仍不忘他提出的「四不」主義，同時痛感健康的身體對報人的重要性，對同仁進行了關切的提醒：「……願我社同人，痛感時會的艱難，責任之重大，本此方針，一致奮勉，務盡全功；尤宜隨時注重健康，以積極精神，為國奮鬥。至於余子的教養，及家人之生計，相信余之契友必能為余謀之，余殊無所縈懷，不贅言。」

張季鸞先生去世在重慶，重慶當時是陪都，新聞界想把他葬在重慶；可另一方面，他的原籍是陝西榆林，所以陝西各界請求歸葬，最後改在西安公葬。在文革中，張季鸞的碑銘橫遭厄運，被砸成碎塊。現在，只有一塊被民間收藏的「中華民國故報人榆林張季鸞先生碑銘」拓片一塊尚完好無損。

1944年，在張季鸞先生逝世三年多的時候，《大公報》館
出版了張季鸞先生第一部也是唯一的一部著作——《季鸞文存》
（上、下冊）。于右任為這部著作題寫了書名，《大公報》總經
理胡政之為張季鸞的遺著作序。序中有這樣一段——

> 季鸞是一位新聞記者，中國的新聞事業尚在文人論政階
> 段，季鸞就是一個文人論政的典型。他始終是一個熱情橫
> 溢的新聞記者，他一生的文章議論，就是這一時代的活歷
> 史。讀者今日重讀其文，將處處接觸到他的人格與熱情，
> 也必將時時體認到這一段歷史。季鸞已逝，其文尚存；國
> 族永生，亟待進步。我編《季鸞文存》既竟，既傷老友之
> 逝，尤感國事之待我儕努力者尚多，國人讀季鸞之文，倘
> 能識念其一貫的憂時謀國之深情，進而體會其愛人濟世的
> 用心，則其文不傳而傳，季鸞雖死不死！

今天看來，胡政之對張季鸞的評價是基本恰當的。作為一
位成功的報人，張季鸞有許多地方值得今人懷念與學習。他提出
的「四不」主義以及他以職業報人的態度傾全部心血辦報的精
神，都是報業史上一筆寶貴的精神財富。他在《大公報》總編的
位置上幹了十五年，寫抨擊時弊的文章無數，國民黨他罵過，共
產黨他也批評過，被他指名道姓罵過的「大員」則更多，可是到
最後，各方面還都「買帳兒」，都拿他當朋友，給他以極高的評
價。一位報紙的總編，做到了這個份兒上，實在是不容易呀。僅
這一點，也值得今天的報人學習借鑒。

王芸生的清醒與迷失

提起新記《大公報》的輝煌，不能不提及張季鸞，而說到《大公報》在中國大陸的消亡，就不得不說王芸生。

與新記《大公報》的三位創始人吳鼎昌、胡政之、張季鸞相比，王芸生顯然是晚一代的人物。1941年，張季鸞去世後，王芸生接替張季鸞做了新記《大公報》的第二代總編。《大公報》在王芸生的手上繼續堅持「不黨、不買、不私、不盲」的「四不」原則和「文人論政」的傳統，可是最後，王芸生還是親自參與掐斷了這一傳統。《大公報》和它所堅守的「不黨、不賣、不私、不盲」的「四不」主義在王芸生這裏中斷了。可以說，王芸生是《大公報》後期最具代表性的人物，他曾有著他同一代知識份子少有的清醒，可最終還是迷失了，迷失在時代的風塵中，迷失在歷史的雲霧裏。

王芸生，1901年9月出生在天津郊區，不滿六歲進私塾，後因家境貧困不得不失學，先後做過茶葉店、小布店的學徒和洋行職員。窮人家孩子的艱辛，王芸生可以說是早有體會的。但是，在艱苦的環境中，王芸生堅持自學，他酷愛讀書，特別是對報紙很感興趣。1925年發生了「五卅」運動，二十四歲的王芸生和天津各洋行的青年員工發起組織「天津洋務華員工會」，被推為宣傳部長，主編工會的週刊，參加集會、撒傳單、演講，北京「三‧一八」慘案發生後，他在天津處於危險之中，匆忙逃到上海。在上海，他參加了一個共產黨刊物的編輯工作，先加入國民黨，後又由博古等介紹加入共產黨，和幾個共產黨人一起辦過《亦是》、《猛進》等週刊。對於這段生活，王芸生在他的《芸生文

存》中是這樣寫的：「那一年的生活，大體說來，是烈烈轟轟的，終日所接觸的都是熱血蓬勃的人物，夜間則睡在冷清清的亭子間裏。」「在上海，我曾朝夕計算著北伐軍的行程，也曾憂慮焦急過黨人的糾紛。」1927年，「四‧一二」政變之後，他與共產黨失去聯繫，生活再次陷入困境。這時，天津《商報》請他擔任總編輯，他的報人生涯由此正式開始。可能是感覺到了政治的險惡，他曾在報上刊登啟事：「鄙人因感觸時變，早已與一切政團不發生關係，謝絕政治活動，惟從事著述，謀以糊口，恐各方師友不察，有誤會，特此聲明。」

1929年，王芸生因與張季鸞打筆仗而被張賞識，遂成了《大公報》的一員。1931年，「九‧一八」事變後，《大公報》確立「明恥教戰」的編輯方針，派王芸生協助汪松年編中日關係史料，後汪因年老，便推舉王芸生來主編。從1931年9月到1934年4月，他往來於北京、天津之間，白天出沒於各大圖書館，廣泛搜集材料，走訪歷史界和外交界前輩，晚上伏案寫作。就中日關係問題，王芸生每天寫出一段，次日在《大公報》上連載，堅持了三年。王芸生的文章是從1871年《中日修好條規》寫起的，打算寫到1931年的「九‧一八」事變，正好六十年，所以定名為《六十年來中國與日本》，可實際上沒寫完（只寫到1919年）。在當時，中日關係是人們關注的焦點，王芸生因此一舉成名，成為日本問題專家，深受張季鸞的青睞，也奠定了他在《大公報》的地位。此後，這部書不僅成為研究近代中日關係必不可少的參考書，而且還救過王芸生的命。王芸生之子王芝琛在一篇題為〈王芸生獲釋之謎〉的文章中曾寫過這樣一段歷史：1972年9月25日，日本首相田中角榮訪華。在準備接待日本首相時，毛澤東讓秘書找來王芸生編著的七卷本《六十年來中國與日本》作為參考材料閱讀……1972年9月26日，毛澤東在會見田中首相時突然向在場的周恩來講，應該讓王芸生參加接待活動，周恩來滿口應承。實際上周恩來當時並不知道王芸生在何處。接待田中首

相的活動，王芸生當然是來不及參加了。但周恩來仍抓住這一機遇，指示有關部門儘快做兩件事：一是安排王芸生參加9月30日的國慶招待會；二是在對日友好交往中適當安排王芸生參加。此時是「文革」期間，王芸生正在北京車公莊一隅的「鬥私批修」學習班接受「勞動改造」。周恩來的指示如同突如其來的「特赦令」，王芸生的「勞改」生活隨之結束。剛結束「勞改」回家的王芸生，當日就收到出席建國23周年招待會的請柬。9月30日，王芸生誠惶誠恐地手持請柬，步行前往人民大會堂出席招待會。在當時出席招待會的人中，只有王芸生一人步行前來，所以，他雖然手持請柬，仍被警衛擋住，經反覆「盤查」才被放行。10月1日，王芸生的名字出現在《人民日報》上。周恩來知道此事後，立即通過有關部門給北京市革委會打招呼，給王芸生恢復生活待遇，醫療保健條件等，將他的檔案由「文革」初被紅衛兵查封的《大公報》社轉到全國政協。……「四人幫」打倒後，王芸生才從好友楊東蓴先生處得知關於自己「解放」的緣由。有人說，是毛澤東救了他，也有人說，是周恩來救了他，還有人說，是田中角榮救了他。但王芸生知道，使他「解放」的真正原因是他的那部《六十年來中國與日本》。臨終前，他含著淚水對子女說：「由於這部書，我提前好幾年又吃上了你媽包的西葫蘆餡的餃子。」原來，「文革」爆發後，王芸生一下子由國家七級幹部待遇變成每月生活費十二元，僅有的一點稿費也被凍結。伙食除窩頭、饅頭、鹹菜和水熬白菜外，已無吃別樣的可能。極度的營養不良，使他早已患上肝硬化。

　　王芝琛先生的文章沒有進行過多的評價，但無盡滄桑已在其中了。其實，因為這部《六十年來中國與日本》，王芸生也曾得到過蔣介石的禮遇。那是1934年8月，王芸生應邀上江西廬山採訪，歷時三十三天，期間，給蔣介石講了兩個多小時的日本問題。

　　1935年王芸生成為《大公報》編輯部主任，位置僅在胡政之、張季鸞之下。能夠在人才濟濟的《大公報》處於這樣的位

置，王芸生顯然是很有新聞才華的。《大公報》老報人俞頌華在〈富有熱情的王芸生〉一文中這樣說：「王芸生的文章為世人所傳誦。他立言的長處是常以國家為前提，而站在人民的立場，說一般人民所要說的話。雖則格於環境，他有時恐未必能暢所欲言，可是他富於熱情，所說的話，常能打入讀者的心坎。所以他的文章，始終能動人心弦，不致與無黨無派的民意脫節。」陳布雷誇獎王芸生的文章「得張季鸞十之八九」，重慶時期，張季鸞在讀了王寫的一篇社論後讚賞地說：「我要寫也不過如此！」

　　1941年，張季鸞去世後，王芸生成為張的繼承人。王芸生堅持《大公報》的「四不」方針和張季鸞的「文人論政」的傳統。一位國民黨要員想在《大公報》上登一篇文章，派人往他家送厚禮，家人不明真相收下了，他知道後大發雷霆，立即寫信要求把禮拿回。陳誠邀他做政治部第三廳宣傳處處長，他以司馬遷的一句話「戴盆何能望天？」婉拒；陳誠表示不要他辦公，舉薦一個副處長即可，他還是不答應。陳又送給他一個設計委員的聘書，不用辦公，每月可拿三百元津貼，被他當場退回。張治中也給他送過了聘書，也被他退回。王芸生曾對家人說：「作為一份民間報紙的發言人，要保持自己獨立的人格，我才有獨立的發言權，我才有資格說真話，對國民黨才能嬉笑怒罵。同時，待國共雙方都必須一樣，這是我一貫的原則。」由此可見，王芸生堅持「不做蔣家官，不拿蔣家錢」，就是要保持一個獨立報人的職業精神，堅持獨立思考、自主發言，不受外界干涉。這一點跟張季鸞所代表的「文人論政」的傳統是一脈相承的。

　　1941年12月，太平洋戰爭爆發，《大公報》總經理胡政之陷落香港，情況危急。王芸生找陳布雷疏通，陳布雷答應了王芸生的要求，讓胡政之乘國民政府的飛機回重慶。王芸生去機場接人，直到最後也未見胡的蹤影，卻見大批箱籠、幾條洋狗和老媽子從飛機上下來，由身穿洋裝戴墨鏡的孔二小姐接去。王芸生非常憤怒，回報社發表了一篇措詞嚴厲的社評〈擁護修明政治

案〉，曝光「飛機洋狗事件」，並揭露了外交部長郭泰祺利用公款購置私宅的醜行。文章發表後，引起巨大影響，蔣介石當即撤掉了郭泰祺的職務。但這仍未能平民憤，昆明、貴州等地大學生舉行了反對孔祥熙的遊行示威，並且喊出了「打倒國民黨」的口號。

1943年2月2日，《大公報》針對河南旱災餓死幾百萬人的景象，發表了記者張高峰的長篇通訊〈豫災實錄〉和王芸生寫的著名社論〈看重慶，念中原！〉。社評中說：「誰知道那三千萬同胞……吃雜草的毒發而死，吃乾樹皮的忍不住刺喉絞腸之苦。把妻女馱到遙遠的人肉市場，未必能換到幾斗糧食。災荒如此，糧課依然，縣衙門捉人逼拶，餓著肚納糧，賣了田納糧。憶童時讀杜甫所詠歎的〈石壕吏〉，輒為之掩卷歎息，乃不意竟依稀見於今日的事實。」「河南的災民賣田賣人甚至餓死，還照納國課，為什麼政府就不可以徵發豪商巨富的資產並限制一般富有者『滿不在乎』的購買力？看重慶，念中原，實在令人感慨萬千！」

此文一出，人們爭相傳閱，蔣介石大怒，《大公報》被罰停刊三天。

1944年底，王芸生還發表過〈最近的戰局觀〉的時評，要求蔣介石親自督戰；針對國民黨政治黑暗、官場腐敗的事實，王芸生還發表了〈為國家求饒〉的社評，猛烈抨擊官僚和國難商人，強烈要求罷免孔祥熙和何應欽，三呼「請你們饒了國家吧！」

抗日戰爭的勝利曾給王芸生帶來一線的希望，他當時的社評〈日本投降了〉、〈毛澤東先生來了〉等文章一度做樂觀的展望，不過，很快他就又失望了。這裏也有一段故事。1945年9月，毛澤東在重慶談判期間曾兩次和王芸生等《大公報》人見面。胡政之以個人名義宴請毛澤東及中共代表團，席間，口無遮攔的王芸生要毛「不要另起爐灶」，毛則回答：「不是我們要另起爐灶，而是國民黨爐灶裏不許我們做飯。」不久，毛澤東有名的詞〈沁園春・雪〉在重慶發表，王芸生讀後寫信給傅斯年，說

「以見此人滿腦子什麼思想也」。有感於時局，王芸生從1945年12月16日起，連續四天在《大公報》重慶版和上海版上連載他的長文〈我對中國歷史的一點看法〉。在這篇文章中，王芸生寫到：「中國歷史上打天下，爭正統，嚴格講來，皆是爭統治人民。殺人流血，根本與人民的意思不相干。勝利了的，為秦皇、漢高，為唐宗、宋祖；失敗了的，為項羽、為王世充、竇建德。若使失敗者反為勝利者，他們也一樣居高位，凌駕萬民，發號施令，作威作福，或者更甚。更不肖的，如石敬唐、劉豫、張邦昌之輩，勾結外援，盜賣祖國，做兒皇帝，建樹漢奸政府，劫奪權柄，以魚肉人民。這一部興衰治亂史，正如中國歷史的寫法，只看見英雄爭天下，而看不見人民，至少是看不見人民意志的表現。事實也恰恰如此，中國過去兩千多年的歷史，所以亂多治少甚至竟無清明之治，就因為只見英雄爭，不見百姓起，人民永遠做被宰制者。今天我們應該明白這道理了，非人民自己起來管事不足以為治，也非人民自己起來管事不足以實現民主。」在長文的後面，王芸生還加了個補記：「這篇文章，早已寫好。旋以抗戰勝利到來，國內外大事紛紛，遂將此文置於箱底……近見今人述懷之作，還看見『秦皇漢武』、『唐宗宋祖』的比量。因此覺得我這篇斥復古破迷信並反帝王思想的文章還值得拿出來與人見面。」

這註定是一篇奇文，不少人猛烈地批評王芸生，不少人讚譽王芸生，都跟這篇文章有關係。今天，在歷經半個多世紀的滄桑之後，重讀此文，一些人恐怕還會感到不舒服。不過，有一點可以肯定，這篇文章表達的是王芸生「骨子」裏的真實——一個自由主義知識份子的獨立判斷。也許正因如此，王芸生後半生的命運其實從這篇文章發表之時便註定了。後來，他無論怎樣自我否定都不能被新政權「接納」，他本人也無法獲得想要的「新生」。這怎能不讓人感慨：文人，文人，人以文而名，禍也因文而生呀。

在國共發生戰爭的歲月裏，王芸生以獨立的目光不斷地評論時政。1947年5月25日，王芸生發表個人署名的〈我看學潮〉一文，說學生反內戰、反饑餓、反迫害的運動是很自然的，呼籲「趕快停戰，快快和平！」同年12月29日，《大公報》發表了中共地下黨李純青執筆的社論〈何必防閒學生運動〉，更是公開支持學潮。國民黨《中央日報》第二天就發表社論，大罵王芸生「響應共黨匪徒」的「武裝叛亂」。

與此同時，王芸生還堅持捍衛新聞自由。1947年6月5日，他發表了〈逮捕記者與檢查新聞〉社評，批評國民黨逮捕記者和實行新聞檢查的粗暴做法。他在社論中說：「民主政治的起碼條件，是尊重人權，保障人民的基本自由，並尊重輿論。……捕記者，檢查新聞，顯然與保障自由尊重輿論背道而弛。……捕學生，捕記者，演慘案，是各地治安當局太張惶了。……為了國家的榮譽，也為了新聞界的職業自由，我們鄭重要求政府從速恢復被捕記者的自由，取消天津的新聞檢查。」同年6月7日，《大公報》記者唐振常被捕，王芸生得知消息立即打電話給上海市長吳國楨，要他立即放人。留下了「今晚不放人，明天就見報」這樣擲地有聲的話。1948年7月8日，南京《新民報》被勒令停刊，王芸生寫下了〈由新民報停刊談出版法〉的社評：「限制言論與發表的自由，這與保障民權的精神是不合的」。接著，《大公報》又刊出了曹聚仁等二十四位新聞界、文化界、法學界人士聯名的〈反對政府違憲摧殘新聞自由，並為南京新民報被停刊抗議〉一文，國民黨《中央日報》為此連續發表〈在野黨的特權〉、〈三查王芸生〉等文，污蔑、攻擊他是新華社的「應聲蟲」。王芸生並不畏懼，發表〈答南京中央日報兩點〉予以反駁。

王芸生主持《大公報》的後期，正是國共兩黨處於激戰之時。王芸生和他的《大公報》在批評國民黨的同時，也批評過共產黨。1945年10月25日，王芸生發表了〈為交通著急〉社評，批評共產黨。同年11月20日，又發表〈質中共〉一文，《新華日

報》第二天就發表〈與大公報論國是〉的社論，進行嚴厲駁斥。1946年4月16日，他在《大公報》發表〈可恥的長春之戰〉社評，《新華日報》則針鋒相對地在4月18日發表〈可恥的大公報社論〉一文，予以反駁。

就這樣，在國共兩黨的夾縫中，王芸生和他的《大公報》左突右衝，不斷地「呼籲停戰」，為實現和平做努力，結果卻「兩邊都不討好」。

到了1948年的10月，中國的形勢已趨於明朗，中國共產黨在軍事上節節勝利，國民黨舊政權搖搖欲墜。民營報紙《大公報》何去何從？這個艱難的抉擇就落到王芸生的身上。

王芸生最終選擇了「新生」——以徹底的自我否定來向新政權靠攏。以王芸生一貫的性格邏輯和他恪守的「四不」原則，他是不該做出這種選擇的，可是，歷史的發展常常是不按邏輯來的（也許正因如此，歷史才讓人唱歎不已）。

還是讓我們看看《大公報》「新生」的過程吧——

1948年11月27日，毛澤東、周恩來召集《大公報》女記者、地下黨員楊剛等人，研究天津解放後《大公報》的出路問題。會議決定：天津《大公報》必須改旗易幟，更名《進步日報》，方可繼續出版。1949年初，解放軍攻佔天津，毛澤東指示中共天津市委，《大公報》對蔣介石一貫「小罵大幫忙」，如不改組，不得繼續出版。按照這個意思，周恩來指派《大公報》地下黨記者楊剛和孟秋江，要她們隨軍進駐天津《大公報》，將其改組為《進步日報》。在《進步日報》創刊號上，楊剛赫然寫道：北洋軍閥時代，《大公報》依附軍閥官僚買辦，蔣介石代替北洋軍閥，它又很快投到蔣介石門下，成為國民黨政學系的機關報，是反動政權一日不可缺少的幫手。至此，天津《大公報》實現了「新生」。

再看上海《大公報》。1948年9月，楊剛女士自美國飛抵香港，旋受中共之命轉赴上海，住進王芸生的公館，以推動《大公

報》「左」轉。同時，報社另一同人，地下黨員李純青，受上海地下黨組織委派，也來王芸生處做「思想工作」。李純青向王芸生轉達了毛澤東邀他參加新政協之意。王芸生表示「甘願接受共產黨領導，包括我本人和我所能代表的《大公報》」。他們制訂如下具體操作步驟：向天津、重慶和香港的同人拍發電報，令其到上海參加會議。會上決定，由香港《大公報》首先表態，旗幟鮮明地反對國民黨統治，擁護中國共產黨領導，支持中國人民解放軍打過長江去，解放全中國。11月5日，王芸生離開上海，取道臺灣赴香港。五天後，香港《大公報》發表王芸生〈和平無望〉的社評，支持解放軍將戰爭進行到底。1949年2月27日，王芸生與柳亞子、葉聖陶、鄭振鐸、馬寅初、曹禺等文化名人在中共黨的組織安排之下北上參加新政協，1949年6月17日，王芸生發表〈大公報新生宣言〉，在這篇宣言中，王芸生自輕自賤，把他兢兢業業為之奮鬥了二十年的《大公報》給徹底否定了——

　　「大公報有將近五十年歷史，創辦於清末開明貴族之手，民國初年落入安福系政客的掌握，1926年大革命之年續刊，一部分資本出於官僚，政治意識淵源於封建政客和新興資產階級。大公報的根源如此，它的政治屬性自然不會跳出這個範疇。……在過去二十幾的的人民革命浪潮中，大公報雖然不斷若隱若現地表露著某些進步的姿態，而細加分析，在每個大階段，它基本上都站在反動的方面。在大革命破裂之後蔣介石的『剿匪』時代，大公報是跟著喧嚷『剿匪』的。在九一八事變東北淪陷之後，大公報是主張『緩抗』和攘外必先安內的。在對日抗戰初期，大公報站在民族主義立場，為抗戰盡了些力；但是由於它反對抗日民族統一戰線，極力宣揚『國家中心論』，把蔣介石捧上獨裁的寶座，經常宣傳『軍令政令統一』的說法，以壓制八路軍和新四軍的發展，因此，在抗戰中期和後期，大公報的領導思想在抗日問題上有些搖擺。到抗戰已近勝利之時，大公報還不贊成聯合政府的理

論,而想替國民黨維持獨霸的局面。大公報曾贊成政協的決議,但到國民黨反動派撕毀政協決議時,大公報的負責人反而參加偽『國大』去制『憲』。蔣介石既撕毀政協決議,又勾結美帝發動『戡亂』內戰,人民解放戰爭已於東北開始之時,大公報卻發表了〈可恥的長春之戰〉社評,為蔣介石也即為美帝撐腰。當人民革命浪潮已把反動勢力震盪得搖搖欲墜之時,大公報又提倡所謂『自由主義』、『中間路線』,以自別於反對統治階級;其實人民與反人民之間絕無所謂『中』,而所謂『自由主義』既根源於買辦資產階級,這『金外絮中』的外衣更是混淆是非,起著麻痺人民的作用。」「要知道這絕不是偶然的,大公報基本上屬於官僚資產階級,與過去的反對政權是難以分離的,總的方向是跟著國民黨反對統治走的。」「大公報同人對過去的錯誤,內心是愧疚的,今當新生,提高警惕,痛感責任,黽勉前進,努力為人民服務。」

王芸生的這個「新生宣言」和《進步日報》創刊號上「同人宣言」,在後來的歲月裏像魔咒一樣壓在《大公報》人的頭上。自輕自賤換來的不是被「接納」,而是授人以柄。文革中,紅衛兵砸爛《大公報》,憑藉的也是兩個「宣言」的自我定性。

作為一份民營報紙,新記《大公報》從1926年創刊到1949年「新生」,這中間的二十多年,中國社會風雲激盪,各方勢力「你方唱罷我登場」。在如此險惡的環境中,《大公報》始終不曾倒下,並不斷堅持「四不」原則和「文人論政」的傳統,創下了中國報業史少有的輝煌。可是,戰爭結束了,天下太平了,王芸生和他的《大公報》反倒自輕自賤了起來,反倒主動授首了。這中間,讓人們思索的空間實在是太大了,由此也可看出,中國歷史對新聞報人和自由知識份子的殘酷撥弄。

〈大公報新生宣言〉發表後不久,重慶解放。重慶《大公報》的廣告和發行迅速下跌,後來乾脆「獻給」了中共重慶市委,1952年8月4日,《大公報》重慶版終刊。次日,重慶市委機

關報《重慶日報》在大公報基礎上創刊誕生。重慶《大公報》也「新生」了。

與此同時，上海《大公報》也出現了危機。解放初，《大公報》上海版發行十六萬份，到1952年只有六萬多份。是年10月，報館賠累折合二十萬美元。1952年夏天，王芸生到北京面見中宣部部長陸定一，彙報情況，請求幫助，同時還寫了一封長信，請轉呈毛澤東。中宣部根據毛澤東的指示，擬定一個上海《大公報》與天津《進步日報》合併出版北京《大公報》的方案，報中央批准。毛澤東做出指示：合併後由中宣部領導；以財經、國際宣傳為重點；暫時在天津出版，國家撥款在京建造新館，俟新館落成，再遷進京。1953年元旦，兩報合併，取消《進步日報》，出版北京《大公報》。至此，整個《大公報》「新生」完畢。1966年，「文革」爆發，9月14日，在「中央文革」指使下，紅衛兵進駐北京《大公報》，關閉報館。到此，《大公報》系在中國大陸徹底銷聲匿跡。剩下的，只是香港《大公報》一脈香火，延續至今。

作為著名的報人，可以說，王芸生的新聞生涯從宣佈「新生」時就已結束了。「新生」後的《大公報》按毛澤東的指示，「報導國際新聞和財經新聞」，王芸生嚴格恪守「毛主席親自訂下的辦報方針」，可是最終還是沒有保住《大公報》。晚年的王芸生一直致力於《六十年來中國與日本》一書的修訂與整理，直到1980年去世。

對王芸生的評價，後人見仁見智。但可以肯定的是，跟那個時代許多知識份子一樣，王芸生也是個悲劇人物。對此，謝泳先生曾經在一篇文章中做過這樣的分析：「舊時代的知識份子，突然進入新時代，本來是充滿希望的，但他們的不適應……就王芸生本人來說，大革命時期他曾參加過中國共產黨，但後來退黨了，由於他曾編寫過《六十年來中國與日本》，曾上盧山為蔣介石講解過中日外交史……這些經歷，可能隱隱約約都在發生著

作用，使王芸生產生恐懼感。由於有這種心情，才使他不斷做出自我否定。就王芸生本人的思想傾向而言，國共兩面，他都有看法，並不想把自己的後半生壓在某一黨派身上。李純青曾回憶過1948年底他和王芸生的幾次深談，當時作為地下黨的李純青顯然負有說服王芸生的使命。王芸生當時的感覺是『沒有出路了』，『共產黨不會要我這樣的人。』後來是李純青受地下黨委託告訴王芸生，毛澤東邀請他參加新政協，才終於使王芸生留了下來。」謝泳先生的分析無疑為我們解讀王芸生提供了一個思路。但是，也僅僅是一思路而已。一個曾經激揚文字的自由主義知識份子何以突然間變得自輕自賤？一個恪守「四不」原則的獨立報人，何以會主動地接受「黨的領導」？一個曾經清醒地看透歷史的人，何以在歷史的關鍵時刻迷失了自我？……這些問題，顯然還需要後人繼續思考。

秋水長天祭量才

　　在杭州西湖邊上，有一座秋水山莊。當年，它是著名報人史量才二夫人沈秋水的居所。這裏還有一段纏綿悱惻的愛情故事。

　　史量才，1880年出生在江寧楊板橋的一個小戶人家，學名家修。「史量才」之名是他成年後改的。史量才的父親史春帆在今屬上海的婁縣涇泗鎮與人合夥開了家泰和堂中藥鋪。史量才二十一歲那年，一場大火燒毀了泰和堂，也燒毀了史量才求學東瀛的夢想。他不得不選擇沒有花費的杭州蠶學館就讀，隨後畢業，結婚生子。如果不是遇到了沈秋水，或許他的一生也就平平淡淡地度過了。可是，歷史不容假設，1911年，一對才子佳人相識相愛了，史量才的命運也由此出現了轉機。

　　沈秋水，原名沈慧芝，是一名青樓女子。據說她早年曾被清朝一皇室貝勒看重，將其接到了北京。後貝勒病故，沈慧芝又重返上海灘。此時，有一鎮江軍閥陶駿保對沈心儀已久，攜帶搜刮來的十幾萬鉅款來約會沈慧芝，不料，陶被暗殺，這筆鉅款就落在了沈慧芝的手中。沈慧芝與史量才兩情相悅，便攜鉅款嫁入史門，成了史量才的二夫人。1912年9月，史量才便以十二萬元的價格買下了快要倒閉的老牌報紙《申報》。從此，史量才的人生掀開了新的一頁，《申報》的歷史也掀開了新的一頁。

　　《申報》是中國第一份近代報紙，是英國商人美查於清同治十一年（1872年）在上海創辦的。《申報》初期幾易其主，但由於經營不善一直沒有大的發展。史量才接手《申報》後，進行了大刀闊斧的改革。在短短的幾年間，《申報》的發行量便從史量才剛接手時的七千份猛增至十五萬份，分印各大城市，到了抗戰

時期還設有武漢版和香港版。正是在史量才的手上，《申報》發展成了當時中國影響最大的報紙之一。民國年間許多著名報人，比如黃遠生、邵飄萍、戈公振、俞頌華等都先後在《申報》工作過。

史量才是《申報》的老闆，他對新聞事業有自己獨到的觀點。他一直以治史的態度來對待新聞，力主新聞要為後世留下真實、可信的社會記錄，要把《申報》當作「史記」來辦。基於這種考慮，他也像當時許多優秀的報人一樣，特別看重報紙的獨立精神，《申報》的宗旨明確宣告「無黨無偏、言論自由、為民喉舌」。同時也宣稱經濟獨立，不接受任何政治勢力、軍閥的津貼，政治上的自主，不聽命於任何一個政治集團，不受官方或軍閥操縱。

史量才關於辦報的名言是：「國有國格，報有報格，人有人格」。為了恪守獨立的「報格」，他跟專制獨裁勢力進行了堅決的鬥爭，直至最後以命相許。

史量才接手《申報》的時候正是民國初年，專制與共和的鬥爭十分激烈。他首先面對的獨裁者就是袁世凱。為了鉗制輿論，袁世凱於1914年頒佈了《報紙條例》。這種企圖對新聞實施嚴格管制的制度當然遭到了《申報》的反對。《申報》發表評論稱：「報紙天職有聞必錄，取締過嚴非尊重輿論之道，故應取寬大主義」，並陸續報導了北京新聞界反對該條例的消息，稱「自新報律頒佈以後，中外報紙評論紛紛，多表反對」。1914年5月27日，《申報》發表評論〈自由平等與法律〉一文，指出「權勢之輩以蹂躪自由，嚴分等級為法律，是法律與自由平等不相容也」。袁世凱要復辟帝制，為了取得輿論的支持，曾於1915年派人攜十五萬鉅款收買《申報》，遭到了史量才的斷然拒絕。史量才不但拒絕了袁世凱的鉅款，還在1915年9月3日的《申報》上以「答讀者問」的方式刊出〈本館啟事〉：「有人攜款十五萬來滬運動報界，主張變更國體者」，「所有館中辦事人員及主筆等，

除薪水分紅外，從未受過他種機關或個人分文津貼及分文運動。此次即有人來，亦必終守此志。在本報宗旨，以維持多數人當時切實之幸福為主，不事理論，不尚新奇，故每遇一事發生，必察真正人民之利害，秉良心以立論，始終如一，雖少急激之談，並無反覆之調。此次籌安會之變更國體論，值此外患無已之時，國亂稍定之日，共和政體之下，無端自擾，有共和一日，是難贊同一日，特此布聞。申報經理部、主筆房同啟」。在專制、共和的較量中，《申報》始終是站在共和這一邊。

史量才非常重視培養名記者，他接手《申報》不久，就聘黃遠生為北京特約通訊員，在《申報》上開設了《遠生通訊》的專欄，發表了許多揭露政治黑暗的新聞通訊。1916年，黃遠生在美國三藩市遇刺身亡，史量才又聘請邵飄萍擔任北京特約記者。

1919年，五四運動發生後，《申報》連續發表報導和評論，讚揚學生的愛國熱情，反對當局鎮壓手無寸鐵的學生。陳獨秀被捕後，《申報》發表著名的評論〈北京之文字獄〉，抨擊北洋當局。

此後，史量才和他的《申報》面對的獨裁者是蔣介石。1927年4月12日，有名的「四‧一二」慘案發生，國民黨對共產黨和工人階級舉起了屠刀。次日，《申報》就忠實地報導了事件的真相。在國民黨專制政權的勢力範圍內，以獨立發言為宗旨的《申報》處境很艱難，國民黨幾次想往《申報》「派員」，都被史量才拒絕了。史量才的理由是，《申報》從未接受政府分文津貼，沒有接受派員的必要；《申報》從來沒有政府派員指導，照樣深入人心，以致人們將報紙稱為「申報紙」。

《申報》為捍衛客觀、公正的新聞輿論，自然令專制者十分不滿。1931年，內外交困的蔣介石暫時下野，《申報》竟發表評論〈歡送〉。蔣離開南京前悍然下令殺害了第三黨領袖鄧演達。宋慶齡得知這一消息，於悲憤之際起草了〈國民黨不再是一個革命集團〉宣言，大罵蔣介石。當晚，史量才在上海日報社說：

「這是孫夫人親自簽名要求發表的，不是報紙造謠，我們沒有不登的道理。」第二天，《申報》和上海各日報幾乎都在顯著位置刊登了這一宣言。蔣介石的惱怒可想而知，這為史量才後來的死埋下了伏筆。

還有一事值得一說，那就是《申報》的副刊「自由談」。為了吸引讀者，史量才接手《申報》的初期曾在副刊上連載蝴蝶鴛鴦派小說。「九‧一八」事變發生後，史量才覺得不應該再迎合低級趣味，遂起用黎烈文改革「自由談」副刊，宣佈「既不遷就一般的低級趣味」，「也決不願大唱高調，打起什麼旗號，吹起什麼號筒」，或者「宣傳什麼主義」。黎烈文也是個大刀闊斧的人，他接手《申報》副刊的時候，副刊正連載著張資平的蝴蝶鴛鴦派小說，他上來就把這個連載給停了，這就是文壇上有名的「腰斬張資平案」。此後，《申報》副刊「自由談」發表了魯迅、茅盾、巴金、老舍、郁達夫等進步作家的大量雜文和散文，成了著名的「民國四大副刊」之一。其中，僅魯迅在「自由談」上發表的雜文就有一百四十多篇，後結集成《偽自由書》、《准風月談》、《花邊文學》等雜文集。黎烈文主持「自由談」副刊僅有一年半的時間，國民黨當局便視「自由談」為眼中釘，多次給史量才施加壓力，要史量才換掉黎烈文。史量才說：「《申報》是我個人產業，用人的事不勞外人操心。」可是，為了不連累史量才，黎烈文還是在1934年5月主動辭職了。

他在經營《申報》的同時，還花鉅資控股了上海的另一家大報《新聞報》。《新聞報》一度是《申報》的競爭對手，後史量才通過買股票並在杜月笙的幫助下終於控股了這家報紙。在辦報的同時，史量才還涉足金融和實業，社會地位和名望也越來越高。

從1912年到1934年，短短的二十二年間，史量才不但把《申報》搞得紅紅火火，而且他本人也從當初的平民百姓一躍成了報業鉅子、社會名流。如果單純地從一個商人的角度來衡量，史量

才的私生活也跟今天的一些大款差不多。他在二夫人沈秋水之後，又娶了一位外室，正室和外室都為他生了孩子，唯獨側室沈秋水沒有生孩子，沈落落寡歡，史量才便在杭州西湖邊上建造了秋水山莊，送給她。秋水山莊面對西湖，風光如畫，史量才親自題寫「秋水山莊」的匾額，還特意陪沈秋水在別墅裏過了一段琴瑟交好、共奏一曲的甜蜜生活。史量才還特別愛車，「大亨」一詞的由來就跟他有關係。大家知道，「大亨」是指稱霸一方的幫會頭目或達官巨富，但「大亨」在中國誕生卻跟車密切相關。十九世紀中葉，英國人約翰‧亨生發明一種在雙輪小馬車，幾經改良，成為豪華私人馬車。隨著上海的開埠，亨生豪華私人馬車進入上海，被稱為「亨斯美馬車」。根據1900年的統計，當時整個上海擁有「亨斯美馬車」者不足十人，而且全部華人中第一個擁有「亨斯美」的人就是《申報》老闆史量才，後來，上海人就將擁有這種馬車的人稱為「大亨」。

但是，史量才終究是報人而不是商人。為了新聞事業，他始終不肯跟專制者妥協。蔣介石曾找史量才談話。蔣介石說：「我手下有百萬軍隊，激怒了他們是不好辦的。」史量才回敬：「我們《申報》發行十幾萬，讀者也有百萬，我也不敢得罪他們！」蔣介石故作豪氣地表態：「史先生，我有什麼缺點，你報上儘管發表！」史量才回答：「你有不對的地方，我絕不客氣！」兩人就這樣「談崩了」。兩人的這次談話是專制獨裁者和自由主義報人之間的對話，也是槍桿子和筆桿子之間的對話。在中國報業史上，蔣介石和史量才的這段對話驚心動魄、餘味悠長。從中，我們可以看出槍桿子的霸道，也可以看出真正筆桿子的錚錚傲骨。筆桿子有面對強權毫不畏懼的氣節，槍桿子當然也會使出最卑鄙的手段——暗殺——來對付筆桿子。

隨後，滬杭路上便傳來了槍聲。

1934年11月13日的下午，史量才在沈秋水夫人、兒子詠賡、詠賡同學鄧祖詢及秋水夫人養女沈麗娟的陪同下，一同從上海驅

車前往杭州。車是新買的，還具有防彈功能。史量才本有保鏢兩名，可那天人多車小，保鏢竟被安排乘坐了火車。史量才本有手槍隨身，可那天手忙腳亂，槍竟被鎖進了後備箱。車至翁家埠，忽見前面有輛拋錨的車橫在路中間。等他們稍稍駛近，那個倚在車門上的男子呼嘯一聲向他們走來。扔下煙頭，他向防彈車車輪連開兩槍。埋伏四周的特務聞風而起，密集的槍聲頓時在翁家埠這個浙東小村響起。

原國民黨特務沈醉在〈暗殺楊杏佛、史量才的經過〉一文有過這樣的表述：「戴笠於這年（1934年）夏秋間即奉蔣介石命令要暗殺他，原先準備在上海租界內動手，曾一度在《申報》館和史的住宅附近找過房子，因遲遲沒有找到，戴就親自去上海佈置。」「以後監視史的特務們通過上海幫會關係與史的汽車司機結識，打聽到史經常要去杭州，戴笠才決定不在上海租界內進行。不久，史量才果然攜眷去杭，戴笠又帶著趙理君等趕去佈置。」「這次兇手們所帶的手槍均為洞穿力很強的駁殼槍和強力式手槍，所以能射穿史所乘的保險汽車。行刺那天，特務們很早便去守候。當史的汽車駛到了兇手們預定動手的地方時，發現有一汽車橫在馬路當中，偽裝損壞正在檢修。特務們見史的汽車開來，一面以手示意叫汽車緩行，一面即拔出手槍向史的汽車輪胎射擊，同時由指定的兩個兇手射擊汽車司機和司機座旁的史詠賡的同學鄧祖詢。這是因為特務們誤認鄧為史的保鏢，怕他還擊，又怕司機以後供出認識的特務來，所以要先殺掉他以滅口。當槍彈亂飛的時候，史量才和他的兒子史詠賡急忙跳出車來分頭逃跑。特務們誤認子為父，因此有三個特務便尾追史詠賡，一連發射二十餘彈，均未命中，他從田野中飛奔逃脫。史量才因身體不好，跑得也慢，在慌亂中逃進附近一所茅屋。兩個特務緊追過去時，史又從後門跑出，躲在房後面一個乾涸了的小水塘中，被站在路上指揮的趙理君發現了。趙一面大叫「在這裏」，一面連連向史開槍射擊，有一彈正擊中史的頭部，史當即倒下。李阿大又

跑到史身邊補上一槍，登時血流如注。兇手見目的已達，立即集合爬上汽車飛奔而去……」

史量才遇害後，全國輿論一片譁然。11月14日，《申報》以醒目大標題刊出〈本報總經理史量才先生噩耗〉及遺像，其他報紙也報導了此事。隨後新聞界舉行了盛大的悼念活動，章太炎為史量才撰寫墓誌銘，稱其為「偉丈夫」。為了掩人耳目，蔣介石也不得不參加史量才的追悼會，此後還藉口未能限期破案，調離和處分了一批官員。

還需要再提一下史量才的二夫人沈秋水。據說，沈夫人擅長鼓琴，與史量才互為知音。史量才遇害的時候，沈秋水是在現場的，她眼睜睜地看著自己的愛人被兇手所害。在史量才的家祭上，沈秋水夫人一身縞素、形容憔悴，抱著史量才生前最愛的七弦琴彈奏了一曲。曲至高亢，聲如裂帛，琴弦斷成了兩截！秋水夫人止住淚水，抱著斷弦的古琴走向燃燒著錫箔紙錢的火缽，將琴投入火中。此後，沈秋水將上海史公館的二樓辦成仁濟育嬰堂，將杭州秋水山莊辦成尚賢婦孺醫院，自己則收拾衣物，離開史家，過起了離群索居、焚香誦經的生活。「鍾子期死，俞伯牙不復鼓琴」，史量才遇害，沈秋水斷弦焚琴，這是怎樣的高山流水、情深意長呀。

1936年，史量才的遺體在杭州天馬山下葬，一代報業鉅子就這樣「托體同山阿」了。史量才生前曾說：「《申報》這二字，印在報紙上，別人眼中看去是黑的，我的眼中看去是紅的。」這話成了讖語，史量才先生用鮮血染紅了《申報》，用生命在中國的報業史上寫下了輝煌而悲壯的一頁。

前事今識
事今識
中國近現代的新聞往事

第四章

鐵肩辣手邵飄萍

　　邵飄萍是一個集新聞記者、新聞學者和新聞教育家三種角色於一身的新聞奇才。1918年，在蔡元培的支持下，邵飄萍在北大成立新聞學研究會，並開講新聞採訪課。同時，他還在北京平民大學、北京政法大學講授新聞學課程。他撰寫了中國最早的新聞學著作《實際應用新聞學》和《新聞學》。當時在北大聆聽邵飄萍講課的學生中，有許多鼎鼎大名人物，如高君宇、羅章龍、譚平山、陳公博等。其中最值得一提的是毛澤東。那時毛澤東在北大圖書館工作，他曾回憶道：「……邵飄萍對我幫助很大。他是新聞學會講師，是一個自由主義者，一個具有熱烈理想和優良品質的人。」毛澤東曾多次登門拜訪，向邵飄萍請教。正是在新聞學研究會的學習，促使毛澤東回到湖南創辦了《湘江評論》。作為教師，以短短的教育生涯而能擁有如此豪華的學生陣容，邵飄萍也應該值得欣慰的。更何況，新聞教育不過是邵飄萍整個新聞事業的一部分而已。

　　邵飄萍，1884年生於浙江東陽，名振青。他十四歲中秀才，十八歲入浙江高等學府，畢業後回金華任中學教員，在教書之外，他為上海的報紙寫通訊，成了《申報》的特約通訊員。他酷愛新聞事業，素有「新聞救國」之志。

　　1912年，邵飄萍來到杭州與杭辛齋合作主辦《漢民日報》，任主編，他的新聞生涯正式開始，除了敢於仗義直言外，邵飄萍對時局的判斷和預見能力極強。早在1912年，他就指出了袁世凱的帝王思想，他在評論中說：「帝王思想誤盡袁賊一生。議和、停戰、退位、遷廷，皆袁賊帝王思想之作用耳。清帝退位，袁賊

乃以為達操莽之目的，故南北分立之說，今已隱有所聞矣！」
「總統非皇帝。孫總統（指孫中山）有辭去總統之權，無以總
統讓與他人之權。袁世凱可要求孫總統辭職，不能要求總統與
己。」1913年3月20日晚，宋教仁在上海火車站被刺客暗殺。邵
指出：「有行兇者，有主使者，更有主使者中之主使者。」「人
但知強盜可怕，不知無法無天的官吏比強盜更可怕。」並稱「報
館可封，記者之筆不可封也。主筆可殺，輿論之力不可蘄」。不
料，此話竟成了讖語。為了捍衛「不可蘄」的「輿論之力」，他
自己獻出了生命。

　　將事實真相公之於眾，向世人宣傳正義和真理，是真正的新
聞人天然的使命，然而，專制者從來都是害怕真實和真理的，他
們不願意讓正義的聲音得以傳播。矛盾和鬥爭不可避免。因為反
對袁世凱的專制獨裁，邵飄萍先後三次被捕入獄。出獄後，他不
得不到日本避難，但他避難期間仍然不忘新聞事業，堅持給國內
寫評論。在國外，他還研究了大量的新聞學理論，於1915年編著
了《新聞學》一書，這為他後來回國辦報做了很好的理論準備。

　　1916年，邵飄萍回國，被史量才聘為《申報》駐北京特派記
者，在《申報》發表了大量揭露北洋軍閥醜行的通訊。1918年，
他在北京創辦了新聞編譯社，這是第一家由中國人自辦的通訊
社。它的性質跟今天的新華社類似：一是自編自採本國新聞，二
是直接翻譯國外新聞，然後把這些文稿分送各個報館。邵飄萍的
這家通訊社雖然規模不大，但卻打破了外國通訊社對北京輿論的
操縱。

　　1918年，邵飄萍還幹成了另外一件大事：創辦《京報》。
邵飄萍一直渴望擁有一份獨立的報紙，不依附於任何政治勢力，
獨立報導、獨立發言，只對真相負責，反映民眾的呼聲。從日
本回國後的兩年間，他的這種念頭愈加強烈。當時的北京報紙幾
乎都被各個政治集團所操縱，《北京時報》有段祺瑞的背景，
《晨報》是研究系的報紙，《黃報》則由張宗昌資助。在這種背

景下，他毅然辭去了《申報》駐京特派記者之職，創辦了著名的《京報》。《京報》不依靠任何政治勢力，主張言論自由，其言論既不受外國通訊社的左右，又不受軍閥操縱，自我定位為民眾發表意見的媒介，是「民眾的喉舌」。至此，邵飄萍又走在了二十世紀中國獨立新聞事業的前沿。他將明朝楊椒山的詩句「鐵肩擔道義，妙手著文章」改成「鐵肩擔道義，辣手著文章」，懸掛在報社的牆上，以勉勵同仁。邵飄萍主張新聞記者是「布衣之宰相，無冕之王」，是「社會之公人，是居於統治者和被統治者之外的第三者」，認為報紙應該監督政府，喚醒民眾。在這種思想的指導下，《京報》忠實地反映民眾的呼聲，所以很快就得到廣大讀者的喜愛。邵飄萍後來在〈京報三年來之回顧〉一文中說：「《京報》每順世界進步之潮流，為和平中正之指導。崇拜真理，反對武力，乃《京報》持論之精神。出版不數月，頗蒙內外各界讚許，在言論上已占相當之地位。」

1919年，邵飄萍直接參加了「五四」運動。5月3日晚上，北大學生在法科大禮堂召開大會，邵飄萍首先發言，介紹了中國代表團在巴黎和會上遭到挫折的原因與經過，號召愛國學生救亡圖存，奮起抗爭。當天夜裏，他趕回報館，連夜撰寫新聞與評論，於5月4日當天在《京報》發表。此後，他又在《京報》上設置大塊專欄，揭露當局的賣國罪行。他的舉動觸怒了段祺瑞政府，報紙因而被封。邵飄萍被迫再次流亡日本。1920年下半年，段祺瑞政府倒臺，邵飄萍回到北京，恢復了《京報》。復刊後的《京報》出過「列寧專刊」和「馬克思紀念特刊」，介紹了社會主義理論。

《京報》是當時的名報，它的專刊非常有特點。它每天都有不同的週刊（如週一的《戲劇週刊》，週二的《民族文藝週刊》，週三的《婦女週刊》等），其中由孫伏園主編的「京報副刊」是民國著名的四大副刊之一，而由魯迅主編的副刊「莽原」，更為《京報》增色不少。

作為記者，邵飄萍素有「新聞全才」之稱。他風流倜儻，善於言辭，上至總統、總理，下至僕役百姓，他都談得來；他為人慷慨，交友廣泛，愛講排場，經常在酒樓飯館宴請賓客；他的新聞採訪功夫更是一流，北京大官討厭見記者，而邵飄萍卻能使之不得不見，見後又不得不談；他曾夜探總理府，虛訪美使館，在新聞採訪學上留下了一段又一段的經典。

當然，最值得稱道的還是他捍衛言論自由，不肯同黑暗勢力妥協的戰鬥精神。邵飄萍以反映民眾呼聲為己任，對時局介入很深。他支持馮玉祥發動北京政變，推倒曹、吳；力助郭松齡倒戈反張作霖；他旗幟鮮明地反對段祺瑞；他譴責「三·一八」慘案屠殺學生的罪行；他對孫中山先生給予極高的評價，稱他為「貧賤不移，威武不屈，失敗不餒，成功不居之中山先生」、「有主義有主張，真誠革命，數十年如一日，毫不含糊之中山先生」、「絕對不排外也不媚外之中山先生」。馮玉祥將軍曾經這樣評價邵飄萍：「飄萍一枝筆，勝抵十萬軍」，還稱他「主持《京報》，握一枝毛錐，與擁有幾十萬槍支之軍閥搏鬥，卓絕奮勇，只知有真理，有是非，而不知其他，不屈於最兇殘的軍閥之刀劍槍炮，其大無畏之精神，安得不令全社會人士敬服！」確實，邵飄萍先生的旗幟鮮明的評論，對社會輿論產生了極大的影響，也為他本人贏得了極高的聲望，可也為他帶來了帶來了殺身之禍。

1925年11月，邵飄萍先是支持郭松齡倒戈反張作霖，後又促成了馮玉祥和郭松齡的聯合。1925年12月7日，邵飄萍出了一期《京報特刊》，以厚紙銅版印刷，上面登的全是最近時局重要人物的照片，照片後面是邵飄萍親自寫的評語，如「時勢造英雄首先倒奉」之孫傳芳將軍，「通電外無所成自岳州赴漢口」之吳佩孚將軍，「東北國民軍之崛起倒戈擊奉」之郭松齡，「忠孝兩難」之張學良，「一世之梟親離眾叛」之張作霖，「魯民公敵」張宗昌，「直民公敵」李景林，「甘心助逆」之張作相等。他不斷地發表報導、評論讚頌郭松齡，揭露張作霖的罪行，甚至撰文

鼓勵張學良子繼父位。邵飄萍的輿論「火力」如此猛烈，張作霖慌了神兒，他馬上匯款三十萬元鉅款給邵飄萍，企圖堵住他的嘴。視新聞獨立甚於生命的邵飄萍當然不會收這筆錢，他不但把錢給退回了，繼續在報上揭露張作霖，而且還跟人說：「張作霖出三十萬元買我，這種錢我不要，槍斃我也不要！」這讓張作霖非常難堪，也給他自己引來了殺身之禍。張作霖發誓：打進北京城就要槍斃邵飄萍！1925年12月24日，郭松齡在日本關東軍和張作霖的聯合夾攻下，兵敗被殺。邵飄萍把事件的真相公諸於世，引起了北方民眾的反日、反張運動。這事又一次加劇了張作霖對邵飄萍的仇恨。

　　1926年4月，張作霖、吳佩孚和閻錫山三面夾攻馮玉祥的國民軍，馮玉祥被迫撤出北京。4月18日，張作霖的先頭部隊入京。張作霖懸賞、捕殺邵飄萍，吳佩孚也密令緝捕邵飄萍。邵飄萍不得不避居俄國使館。此時，他仍然堅持寫評論。可惜的是，邵飄萍的一個舊友——《大陸報》的社長張翰舉被軍閥收買，於4月24日夜將他騙出使館（謊稱張作霖懼怕輿論不敢殺他，並說已經向張學良疏通，允諾不查封《京報》等），隨即遭到了逮捕。同時，《京報》也被查封了。消息傳出，北京各界立即組織營救。張學良告訴各界代表：「逮捕邵飄萍一事，老帥和子玉（吳佩孚）及各將領早已有此種決定，並定一經捕到，即時就地槍決。」張作霖對邵飄萍早有必殺之心，所以各方的奔走均告無效。4月26日清晨，邵飄萍被押赴天橋刑場。臨刑前，邵還向監刑官拱手說：「諸位免送！」然後從容就義。邵飄萍殉難時年僅四十一歲。

　　在中國近代報業史上，天才的新聞人物往往因發表針砭時弊的文章而被專制、黑暗勢力所害。邵飄萍之前，著名記者、政論家黃遠生，因發表反對袁世凱復辟的文章，於1915年在美國三藩市被暗殺；就在邵飄萍殉難百日之後，也就是1926年的9月6日，另一位著名報人林白水也被軍閥張宗昌殺害，林白水從被逮捕到

被槍斃中間還不到四個小時，連審訊都沒有，可見當年軍閥草菅人命之一斑。中國二十世紀前半葉的報業史，一方面是酷愛自由的著名報人追求新聞獨立、捍衛新聞原則、向國民傳播真理的歷史，另一方面，也是各方專制獨裁勢力對新聞事業進行無理干涉、對著名報人進行殘酷迫害的歷史。這段歷史充滿著飛揚的激情，充滿著吶喊的正義，同時也充滿著悲壯的血色。而這中間的1926年，顯然有相當的典型意義，在短短的百日之間，就有兩位傑出的報人——邵飄萍和林白水——被軍閥殺害（針對二人的被害，有人用「萍水相逢百日間」來描述這段黑暗的歷史）。再往後，1934年的11月13日，槍聲又在滬杭路上響起——報業鉅子史量才被蔣介石指使的特務暗殺。由此可見，在近代著名報人被害的歷史上，邵飄萍幾乎具有著承前啟後的意味。中國的新聞工作者面對的社會環境歷來都是險惡的。忠於事實真相、捍衛言論自由，這些對新聞人來說本是天然的職責，可是，在中國就要付出極為慘重的代價——生命。建國之後，新聞事業成了「黨的事業的一部分」，按說新聞人的處境應該大大改變。可是在極左的歲月裏，新聞人被迫害的歷史並沒有就此終止。范長江、鄧拓、楊剛、蒲熙修、金仲華……這些曾經在新聞界叱吒風雲的人物均不堪忍受殘酷的迫害而選擇了自殺。從這個意義上講，中國的新聞史，絕不僅僅是用筆寫就的，它的裏面還飽含著許多優秀新聞人的鮮血。也許正因如此，它就越發顯得沉重。

第五章

獬性十足林白水

　　林白水是近代報業史上一位著名的報人，他跟邵飄萍同是被軍閥張宗昌殺害於1926年，相隔僅有百日，後人稱「萍水相逢百日間」。而獬則是傳說中一種極有正義感的獨角獸，每逢善惡相鬥，獬必用角頂撞惡人。林白水跟獬之間是有著密切聯繫的，據說林剛生下來的時候，其父恰好想起了這種富於正義感的獨角獸，所以就給他起了個怪名：林獬。林白水後來的性格也確實不負其父的一片拳拳之心——他確實是個獬性十足的人。

　　林白水於1874年出生在福建閩侯縣，名獬，字少泉，又中年以後自號「白水」，「白水」就是從「少泉」中的「泉」字拆開得來的。林白水取此名以明志：即使身首異處也不放棄其主張。性格即命運，有這樣的性格，林白水有後來的命運也就不奇怪了。

　　林白水作為報人的生涯是從1901年6月他到《杭州白話報》擔任報紙主筆時開始的。林白水反對清朝統治，曾與蔡元培、章炳麟等在上海設立第一個全國性的教育團體——中國教育會。他表面上是在辦教育，實際上卻在積極進行反清的宣傳。1903年春，林白水東渡日本留學，曾組織、參加反抗沙俄侵略東北的拒俄義勇隊、國民教育會，受到清政府駐日使館干涉，返回上海。同年12月，他與蔡元培等人在上海創辦《俄事警聞》，專門報導有關拒俄消息，宣傳革命。1904年，該報更名為《警鐘日報》，革命傾向更加強烈。不僅如此，林白水還自己創辦《中國白話報》，以活潑的形式宣傳民主主義思想，抨擊清政府的專制統治以及帝國主義的侵略罪行。1904年，慈禧大辦七十壽辰之際，林

白水撰寫對聯，辛辣地諷刺了慈禧太后：「今日幸西苑，明日幸頤和，何日再幸圓明園，四百兆骨髓全枯，只剩一人何有幸；五十失琉球，六十失台海，七十又失東三省，五萬里版圖彌蹙，每逢萬壽必無疆。」這對聯形象生動地刻劃出了慈禧的昏聵與奢華，一時廣為傳播。當年11月，林白水再次赴日，入早稻田大學法科學習。在日期間，他加入了同盟會。一年後，林白水返回中國。

辛亥革命爆發後，林白水積極參加政治活動。在中國政治風雲的跌宕之中，他也曾誤入歧圖：先為袁世凱復辟帝制吶喊，後又為為段祺瑞效命。段祺瑞下野後，林白水於1921年春在北京創辦了《社會日報》，開始專事新聞工作。1926年4月，軍閥張宗昌進入北京，4月24日，著名報人邵飄萍被害，北京新聞界一時間風聲鶴唳，在這種情況下，林白水依然仗義直言，終於招來殺身之禍。當時，「狗肉將軍」張宗昌麾下有一人潘復，此人原為張宗昌的賭友，後來作張的「軍師」，張稱其為「智囊」。林白水寫了篇〈官僚之運氣〉的文章，大批潘復，說他是「某軍閥之腎囊」，「因其終日繫在某軍閥之褲下，亦步亦趨，不離晷刻，有類於腎囊之累贅，終日懸於腿間也」。這種尖刻的批評自然令張宗昌和潘復十分生氣。據說，潘復看了這篇文章後跪在張宗昌面前大哭，要張宗昌必殺林白水才能解其心頭之恨。於是，張宗昌令北京憲兵司令王琦逮捕林白水。

1926年8月6日凌晨一時，北京憲兵司令王琦乘車來到報館，略談數語，便將林白水擁入汽車。報館編輯趕緊打電話四處求援，林白水的好友薛大可、楊度等人急匆匆趕往潘復的住宅，找到正在打牌的張宗昌及潘復，為林白水求情。而此時，林白水已經被押往憲兵第二營。他臨危不懼，神態自若，要求給家人寫遺囑。

薛大可、楊度等人在潘邸向張宗昌苦苦求情。後來，薛大可也跪在了張宗昌面前，聲淚俱下，講述古代名將的種種美德，希

望張宗昌有大將作風，饒恕林白水，張宗昌終於被打動，答應暫緩執行，楊度趕緊起草了一紙暫緩執行的公文，由張宗昌派人送往憲兵司令部。可惜為時已晚。凌晨四時，「暫緩執行」的公文尚未到達，林白水已被拉到刑場槍斃了。林白水從被逮捕到被槍斃不過三、四個小時，連做樣子的審判都沒有，由此可見軍閥草菅人命之一斑。

　　林白水被害時年僅五十二歲。兩年後，北洋軍閥垮臺，北京新聞界為他和邵飄萍舉行追悼會。

　　林白水生前曾說：「報館要替百姓說話，不去獻媚軍閥」，因為「軍既成閥，多半不利於民，有害於國。除是死不要臉，願作走狗，樂為虎倀的報館，背著良心，替他宣傳之外，要是稍知廉恥，略具天良的記者，哪有不替百姓說話，轉去獻媚軍人的道理。」他還說：「新聞記者應該說人話，不說鬼話，應該說真話，不說假話。」此話可謂他「獬性十足」注腳，也是他不惜以生命捍衛新聞尊嚴的生動寫照。

前

事今識

中國近現代的新聞往事

第六章

「奈何明月照溝渠」
──陳銘德、鄧季惺夫婦和《新民報》

引　子

　　陳銘德、鄧季惺夫婦是何許人？恐怕不少人會有提出這樣的疑問。可是，要說起吳敬璉，人們一定不會陌生，這位經濟學家在當今的中國可謂大名鼎鼎如雷貫耳。那麼我告訴您：鄧季惺就是吳敬璉的母親，陳銘德就是吳敬璉的繼父。

　　「《新民報》？沒聽說過。」您也許會這樣說。但我想您一定會知道《新民晚報》吧。那麼我告訴您：《新民晚報》的前身就是《新民報》。

　　打個不十分恰當的比喻，《新民晚報》和《新民報》之間的關係恰似吳敬璉與陳銘德、鄧季惺夫婦的關係。

　　更值得一說的是，陳銘德、鄧季惺夫婦在中國報業史上有著極為重要的地位，他們是《新民報》的創始人。在輝煌的時候，《新民報》先後在南京、重慶、成都、上海、北平等五地出版日報或晚報八種，號稱「五社八報」，堪稱跨地域的「大報業集團」。要知道，陳銘德、鄧季惺夫婦掌控「五社八報」的「報業集團」時，尚是上世紀的四十年代，距今已有五、六十年的光陰了。

　　最近幾年，「報業集團」重新在中華大地上湧現，一些報人也往往以自己效力於某報業集團而得意。豈不知，早在半個多

世紀以前，前人就實現了這層跨越——雖然那時人們叫的是「報系」而不是「報業集團」。

一

不妨先從鄧季惺說起。鄧季惺，重慶人，出生於1907年，名友蘭。她的母親吳婉是一位知書識理的開通婦女，她認定女子要想擺脫受壓迫的命運，就必須有知識。可是結婚後一連生育了九個孩子。家庭負累和生活的重壓掠走了她的理想。

鄧季惺的父親鄧孝然並不主張女兒去外面的學校上學，只要她念私塾。在她十四歲這年，趁鄧孝然不在，吳婉自作主張地讓女兒投考重慶省立第二女子師範。季惺考取了，從此遠走高飛，開始了她一生的忙碌、操勞和求索。

1923年初，鄧季惺和同學吳淑英等相約到南京，進南京暨南大學附中女生部三年級。吳淑英的弟弟吳念椿在讀金陵中學，兩所學校都在鼓樓附近，暑假裏，季惺和淑英經常到鼓樓茶座去乘涼，念椿也是這裏的常客。季惺和念椿熟識起來。又過了一年，季惺去上海念中國公學大學預科時，念椿已是復旦大學新聞系學生了。因著南京時的交往，二人已互生好感，便自由戀愛了。因為愛慕鄧友蘭（季惺），吳念椿遂改名為「吳竹似」，謂之「你與蘭為友，我似竹高潔」。1925年底，鄧季惺與吳竹似結秦晉之好，步入了婚姻殿堂。而這吳竹似，便是經濟學家吳敬璉的生父。

1926年，吳竹似受聘《大中華日報》編輯，一家人回到重慶。這期間，吳竹似結識了陳銘德並與之成為志同道合的朋友。

陳銘德，四川長壽縣人，出生於1897年。1924年秋，他從北京法政大學畢業後回到四川，先後在成都法政專科學校教新聞學、任成都《新川報》總編輯和《大中華日報》主筆。1928年又

被邀請去南京國民黨中央通訊社做編輯。到南京國民黨中央通訊社工作不久，他便對刻板的工作方式和國民黨鉗制輿論的做法產生了不滿。他認為國民黨的新聞政策與孫中山先生倡導的民主自由思想相去甚遠，也與自己期望的新聞自由理想嚴重抵觸，於是便產生了創辦一份民間報紙的想法。他的想法得到了川籍同事劉正華、吳竹似的支持。隨後，陳銘德辭去了國民黨中央通訊社編輯的職務，再次回到四川，全力籌措創辦新報事宜。

在四川，陳銘德得到了軍閥劉湘的資助。劉湘資助他「啟動資金」兩千元大洋，以後按月支付津貼五百元大洋，同時還給陳銘德個人「活動經費」每月二百元大洋。有了這筆資金，再加上劉正華、吳竹似的支持，《新民報》於1929年的秋天創刊了。起名《新民報》，意思就是「作育新民」，向青年宣傳孫中山先生的三民主義，同時也含有繼承和發揚同盟會時期的《民報》精神的含義。報頭上的「新民報」三個字，是由精於書法的吳竹似從孫中山先生的遺墨中摹寫下來的，就連報紙選在9月9日這天創刊，也是為了紀念孫中山先生領導的第一次武裝起義。

這個時期的《新民報》，社長是陳銘德，總編輯是吳竹似。到1930年1月，吳竹似和鄧季惺的兒子敬鏈出生了。可是很快，吳竹似就生病了，得的是肺結核——這種病在當時沒有特效藥，極難醫治。親友們建議，或許北平的醫療條件能醫好他的病。於是吳竹似和鄧季惺北上求醫。在照顧吳竹似的同時，鄧季惺插班上了北平朝陽大學，學習法律。

1931年7月，吳竹似在北平去世。這對二十四歲的鄧季惺來說無疑是一個重大打擊，她的三個孩子，最大的還不到五歲，而最小的兒子吳敬璉才一歲半，且極其體弱（怕他活不長，將其過繼給一位工人，並取名「長明」，祈禱「長命」）。那時的鄧季惺處於悽風苦雨之中，祈禱的也只是讓體弱多病的幼子「長命」，她怎麼也想不到，這個早年喪父、體弱多病的苦命兒子日後竟能成為聲震全國的經濟學家，有「吳市場」的美譽。

不過，就是在那些淒風苦雨的日子裏，鄧季惺也顯示出了她與尋常女子不同的品格和氣質。據說，在吳竹似出殯的那天，按照舊俗，作為兒子的吳敬璉要在出殯的路上一步磕一個頭以示孝心。但是，鄧季惺堅決打破了這個習俗。她說：「死者已矣，活著的人還要繼續活下去。長明年幼體弱，這樣做肯定要把他弄出病來。」這話從一個二十四歲的新寡的女人口中說出，不能不讓人佩服她的堅韌和理性。

作為吳竹似的生前好友，陳銘德來到北平，想安慰一下好友的遺孀，同時提供一些幫助。他看到鄧季惺並沒有整日以淚洗面，而是堅韌而頑強地生活著——她一面帶著三個孩子，一面繼續自己的學業。他也感佩這個女人的力量，心底裏除了敬，還漸漸地生出了愛來。隨後，陳銘德於1931年8月和前妻離婚，兩人戀愛了。

到1933年1月24日，陳銘德和鄧季惺在北平南河沿歐美同學會禮堂舉行了婚禮。這個婚禮也值得一寫。婚禮採用了開會的形式，有一百多位親友「與會」，陳、鄧二人刻了一對石印：「海枯石爛永不相忘」。來賓們每人得到了一份新婚夫婦陳銘德、鄧季惺署名的協議。這協定印在粉紅色的卡片上，上面寫明：各人用各人的姓——即鄧季惺不冠以夫姓；鄧季惺帶來的三個孩子依舊姓吳；婚後家庭實行分別財產制，雙方共同負擔家庭生活費用——鄧季惺娘家和吳竹似家都略有家產，分別財產制可保證鄧季惺母子四人的生活。當然，它的意義不只是明確家庭中的財產權利，更有象徵意義：它表達了作為女性的鄧季惺對封建傳統的反叛和對女性解放運動的轟轟烈烈的張揚。據說，解放以後，周恩來還多次援引陳銘德和鄧季惺的這個婚禮，他對浦熙修、彭子岡、曹孟君等幾位女報人說：「你們看，財產在誰手裏，誰就有地位。」後人評說，只有精明透頂而又學法律的鄧季惺才會想出這種形式的婚禮。此言不虛。

二

1933年夏天，鄧季惺從北京朝陽大學法律系畢業後，先在南京國民政府司法部工作，後又辭職，在南京和鎮江當律師。她不畏權貴，常常為受虐待、被遺棄的婦女免費打官司。在業餘時間裏，則全身心地投入婦女解放事業。鄧季惺和李德全、曹孟君、譚惕吾、王楓等人做起了「女權運動」實驗，學開車、練打靶，開風氣之先，號稱要「群策群力為婦女界作一番日新月異的工作」。她們認為，婦女沒有經濟地位就很難有社會地位，而家務負擔是婦女走出家庭的羈絆。因此，要為婦女解除後顧之憂，於是便創辦了「南京第一托兒所」，鄧季惺自告奮勇當所長。她們還利用《新民報》開辦了《新婦女週刊》，鄧季惺發表了〈婦女運動的時代性〉、〈婦女運動與家庭〉等文章。

陳銘德瞭解妻子的才幹，他早就邀請鄧季惺和他一起辦《新民報》。鄧季惺起初惟恐加入《新民報》後會成為丈夫的附庸而不肯讓步，何況她單憑自己的力量已經獲得了社會的承認。直到1937年，鄧季惺才接受陳銘德之邀，正式加盟《新民報》，擔任副經理，負責經營管理和財務。那麼，這個時候，《新民報》發展到了什麼程度了呢？我們不放回過頭來看一看。

《新民報》在吳竹似去世後，先由陳正華兼任總編輯，1929年冬改聘張友鸞任總編輯。在認真研究之後，陳銘德和張友鸞確定報紙以廣大青年為主要讀者對象，並制定了具體的編輯方針，使《新民報》基本上定型。《新民報》初期設在南京洪武街上，發行量很小，只有兩千多份，辦公的房屋也十分簡陋。1930年遷至估衣廊73號，1935年又遷至繁華的新街口北中山路102號。報社初期沒有印刷設備，報紙要委託滬寧鐵路局印刷廠印刷，1931年在重慶工商界人士的出資支持下，辦起了「明明印刷廠」，

除了印刷《新民報》之外，還承攬一點其他業務。至此，報紙也由當初的四開一張擴成了對開一張。到1936年春，報紙發行一萬六千份，廣告收入占總收入的50%，隨後再次更新印刷設備，從日本讀賣新聞社購得一部舊輪轉機，並改換了新字模，報紙實現了輪印。這不僅提前了出報時間，而且大大地改善了印刷質量，使《新民報》成了南京報業中的佼佼者，發行量也躍升到兩萬份。

這個時候，鄧季惺加盟了《新民報》。她一上任，就為報社的財務會計、發行、廣告、印刷等業務建立起嚴格的財務制度和管理體系並監督執行。比如，財務對廣告的控制。過去每天刊登廣告沒有登記，廣告費的收取也沒有嚴格的準則。鄧季惺上任後，報紙每天刊登的廣告一條一條地剪貼起來，做成一張報表，財務科就根據報表收錢。現金結算的，全部入賬；拖欠的，記入債務，一個月下來，廣告部門要把外債討回來結賬。發行也同樣天天有報表，現金入籠是鄧季惺每天都做的「功課」。

鄧季惺在物資供應上也有一種特殊的敏感。當時，正值抗日戰爭，紙張供應十分緊張，而報紙銷路激增，她就派四、五個人專門購買、儲備紙張，以保證報紙的正常出版。同時，戰爭使物價不穩，鄧季惺及時把報社賺來的錢兌換成美元或黃金以防貶值。鄧季惺的精明在當時的中國報界顯得極為突出，很多人形容：「新民報館裏有幾個大頭針她心裏都有數。」鄧季惺規範的管理不但很快使《新民報》達到了收支平衡，而且還奠定了《新民報》股份制發展的路子。

1937年7月1日報社集資五萬元依法成立了新民報股份公司，陳銘德由社長改稱總經理，鄧季惺任經理。鄧季惺是一個天才的企業家，她由此找到了最適合自己的舞臺。她決心以報業經營管理為終身職業，辦好報紙，壯大其實力。

可是，戰爭把一切秩序都打亂了。《新民報》堅持出刊到1937年11月27日，不得不遷往重慶。而只一個多月之後的1938年1月15日，重慶版《新民報》就問世了。

1941年11月1日，《新民報》成功地策劃出版了晚刊，後來達到四萬份的發行量。重慶《新民報》的成功，為他們擴大經營積攢了實力。1943年，鄧季惺帶領一班人馬去成都，相繼推出晚報和日報。到抗戰後期，兩地的《新民報》最高日發行量達到十萬份，成為後方報業之翹楚。

在大後方，陳銘德、鄧季惺夫婦得到了四川企業家的支持，重慶、成都比較著名的工商企業和銀行幾乎都投資於《新民報》。股東會連續做出增資決定：1944年5月增資為一千兩百萬元；1945年3月再增為兩千萬元；6月為準備勝利後在上海創刊，另組一重慶新聞公司，又集資三千萬元。這時法幣天天貶值，鄧季惺便用所籌資金和報社積累買進黃金美鈔以保值。在各次增資中，還給對報社有貢獻的職工按年資和貢獻大小贈予不同股份。

1945年9月18日，日本投降剛剛一個月，鄧季惺就由重慶飛回南京，很快恢復了《新民報》的南京版，接著，她旋風一般地至上海、北平，在不到三個月的時間裏，完成了《新民報》上海版、北平版的籌辦事宜。這樣，《新民報》便發展壯大到了「五社八版」的規模，在中國的報業史上寫下了輝煌的一章。

三

陳銘德和鄧季惺兩人各有特點。鄧季惺是經營管理奇才，而陳銘德則長於「外交」，他相容並包，政界、工商界、文化界都有大量的朋友，國民黨、共產黨的要人中都有他的朋友。國民黨宣傳部秘書鄧友德就是鄧季惺的弟弟，這樣的關係自不必說。《新民報》遇到危難時，鄧友德會全力相幫；四川軍閥劉湘、船王盧作孚、國民黨的副總統李宗仁等也都是陳銘德的朋友。在共產黨方面，與周恩來、葉劍英、郭沫若、夏衍等也都是很好的朋

友。廣泛的社會關係，使陳銘德和《新民報》在錯綜複雜的政治環境中贏得了生存和發展的空間。

在國民黨的專制統治下，純粹的民間報紙要做實事求是的報導和評論，免不了要得罪國民黨當局。每當這類事件發生，陳銘德就開始動用他的各種「社會關係」，疏通關節，使《新民報》免於觸礁沉沒。為了報紙的生存和發展，陳銘德往往不得不四處作揖，委曲求全。對陳銘德的這種性格和行為方式，許多人有過誤解，認為他缺乏理想色彩。對此，鄧季惺有過解釋。1989年，在一次追思陳銘德的座談會上，鄧季惺說了這樣一番話：「我們是1933年結婚的，到今天五、六十年，超過了半個世紀。這五、六十年我們朝夕相處，共同辦《新民報》。我知道他的為人性格，也許可能比朋友們更多一些……我們倆人雖然志同道合，性格則不相同。銘德常說我這個人是個『暖水瓶』，裏頭熱，外面冷冰冰。他這個人，凡是和他接觸過的都感到如沐春風，因此覺得他這個人不一定有什麼堅定的理想。但我們共同生活幾十年，我知道他是有堅定理想的。他的理想就是追求民主自由，想用辦報，通過新聞來推動社會進步，就是『作育新民』，繼承和貫徹中山先生的那一套主張。在解放前的二十年，那樣一個社會，那樣一個複雜的環境裏，他不能不在一定的限度內作適當的讓步。……在報館裏，他去當『外交部長』，為了《新民報》的生存，有時要對有權有勢者磕頭作揖。要讓我來的話，我不會說話，磕頭作揖更辦不到，《新民報》早就玉碎，不能瓦全了。……銘德為了《新民報》的生存，不能不委曲求全，有些人便誤認為銘德這個人內心沒有什麼堅定的理想。但是，幾十年的實踐證明，我們的生活經歷證明，在政治上，他沒有拿辦報去做敲門磚，解放前，他沒有做過國民黨的官，只是在解放後當過北京市社會福利局的副局長；在經濟上，他沒有藉辦報斂財，蓄積私產，至今兩袖清風。……在中國這樣一個封建主義直到現在其殘餘影響還未清除的社會裏，辦什麼民間報，就必然是坎坷一生。在國民黨

時代，那是個什麼樣的日子，半夜三更還常常來電話訓斥責問，直到最後也未瓦全，南京《新民報》還是被封了門，還要逮捕我們送『特刑庭』。這四十年的環境比國民黨時期好多了，但加給我們倆頭上的兩頂帽子也是夠人受的。第一頂叫『報業資本家』……第二頂就是五七年了（指右派），這一來就是二十多年，也是不好受的。所以，這四十年的處境也是坎坷的。銘德選擇了辦民間報紙這個職業，註定了在坎坷中度過他的一生。」

鄧季惺的話很感性，而王元化先生則把對陳銘德這個類型的知識份子的評價上升到了理論高度：「（他們）與我所熟悉的現代思想家類型的人物畢竟有所區別。他們的特徵毋寧說是民眾的、實踐的文化人品格。大致而論，前者所關懷的是歷史文化的深層思想，而後者則直接介入社會實踐。前者是力圖站在現實之上去修正現實，去影響歷史發展方向，而後者則順著現實的種種衝突去調和理想。前者是將文化作超越性的思考，而後者則將文化表現為時間變遷中的歷程，落實為具體集團與群體的生活情境。前者是自由主義知識人，而後者是中產階級知識人……陳銘德、鄧季惺等人，在現代思想文化史的脈絡中，可列入本土民間市民社會實踐者的先行隊伍中。」這樣的評價無疑是十分中肯的。

陳銘德在辦報之初，曾以四事與同人共勉：「一、傳達正確消息；二、造成健全輿論；三、促進社會文化；四、救濟智識貧乏。」同時還表示，「絕不官報化、傳單化」，不作空洞說教，只代表中國民間的聲音──「為辦報而辦報，代民眾以立言，超乎黨爭範圍之外」。這樣的認識在階級矛盾和民族矛盾錯綜交織的二十世紀三、四十年代，註定「左右不討好」。當中國遭到日本侵略的時候，《新民報》從愛國主義立場出發，旗幟鮮明地主張抗戰，堅決支持群眾的抗日愛國行動。「九‧一八」事變爆發後，由於國民黨封鎖消息，報社第二天中午才

得知事件真相，但是，大家還是趕出了一個號外。9月20日，《新民報》的頭版頭條就是「日軍昨晨炮轟瀋陽城，實行佔領。長春、營口同時被佔領，我軍毫為抵抗，完全繳械。」並發表社論：〈東北完全非我有，亡國無日，請對日宣戰〉。隨後，對於軍民的抗日活動，《新民報》都給予了及時的、態度鮮明的報導。在1932年上海「一·二九」淞滬會戰前後的幾個月裏，《新民報》更是熱情高漲地連續發表社論，督促國民黨政府放棄妥協退讓的國策，領導全民抗戰到底。這一時期的系列社論有：1月17日〈請對日絕交〉、1月18日〈對日絕交與應有之準備〉、1月20日〈再論對日絕交〉、1月24日〈請中央速決大計〉、1月31日〈救國之最後一著〉、2月3日〈守城與守心〉……這一系列社論代表民間的聲音，督促國民黨政府放棄妥協，全力抗戰。

　　到了抗日抗戰後期，國民黨政府一方面消極抗戰，另一方面則腐敗成風。對於這種黑暗的社會現實，《新民報》也積極予以揭露。1943年3月3日，重慶《新民報》刊出了兩條消息：一條是女公務員因為生活困難，要求增發平價米，被行政院副院長孔祥熙拒絕；一條是孔家大小姐飛赴美國結婚，隨帶大量的精美工藝品作嫁妝。編輯陳理源將兩條消息編發在一起，並特意做了標題：「女公務員為米請願，孔副院長予以拒絕」、「孔大小姐飛美結婚」。這兩條新聞排在一起，有很強的諷刺意味。國民黨新聞檢查所對前一條打上了「免登」的戳記，對後一條下令「刪登」，即將孔大小姐隨帶的大量物品部分刪去。《新民報》置之不顧，違檢登出。《新民報》一時洛陽紙貴，大受歡迎。可是，陳銘德卻受到了國民黨當局的高壓，《新民報》面臨著被查封的危險。

　　陳銘德四處奔走，最後，國民黨新聞檢查所終於發話了：「只要孔副院長認為不是問題，我們就可以放行。」孔副院長當然不會認為「不是問題」。結果，先是由「官方」擬定了兩個

更正，交《新民報》發表。關於〈孔大小姐飛美結婚〉的更正以「本報訊」的形式刊出，說：孔大小姐飛美是將入彼邦大學深造，對結婚一事避而不談。隨身所帶的物品，則是為蔣夫人帶去的，用以贈彼邦友人以答謝其招待之誼。由中國航空公司飛機運去的東西，則是因為孔副院長和夫人與美國朝野人士頗多故舊，以女公子赴美之便，略備若干中國土產，藉作中美訂平等條約之紀念品。外傳係屬嫁妝，實出誤會。關於〈女公務員為米請願，孔副院長予以拒絕〉的更正則由行政院秘書處函致《新民報》，稱：「貴報所載一節，詞意與事實頗有出入，恐滋誤會，特函奉達，即希查照刊佈，以正視聽為荷。」兩則「更正」刊出後，陳銘德還得再託人向孔祥熙疏通，並當面向其致歉。最後，孔祥熙表示：「我孔門以恕道傳家，先父在世之日，每常以此教誨祥熙，《新民報》上所載，自可不必計較。但祥熙身負黨國重任，報章如有涉及，最好稍加斟酌，因為這不僅是我個人的事情。你們那位編輯，既然年歲太輕，少不更事，希望陳先生和報社對他多加教導，以後不可造次。」

其實，孔大小姐飛美結婚不過是一個特例而已。陳銘德「代民眾以立言」的新聞理想幾乎無處不與國民黨的專制統治及當時黑暗的現實相抵觸。作為新聞實踐者，在堅硬的現實面前，陳銘德不得不一次次地與現實達成妥協，小心翼翼地周旋於錯綜複雜的社會上，如履薄冰地尋找著自己的理想與冰冷的現實之間的契合點，「順著現實的種種衝突去調和理想」。

四

陳銘德、鄧季惺夫婦對共產黨的瞭解源自和周恩來等人的接觸。1941年，鄧季惺因病住進歌樂山中央醫院，周恩來也在此養病。鄧穎超探望周恩來，陳銘德陪伴鄧季惺，彼此熟識起來。周

恩來的學識風度給陳銘德、鄧季惺夫婦留下了很好的印象，於是他們開始琢磨，這樣的人是共產黨的領導，想必共產黨也並非國民黨所描繪的那麼恐怖。往後，他們支持《新民報》記者走訪中共辦事處，也贊同和《新華日報》進行業務交流。1942年，在他們對抗戰前景感到茫然時，又請周恩來到家中聚談。他們對於共產黨抗日、民主、反對官僚資本主義的主張十分贊同，從而確定了《新民報》「中間偏左，遇礁即避」的辦報方針。

抗戰勝利後，《新民報》在南京版日刊的復刊詞中再次表明了自己的民間立場：「本報是一個民間報紙，以民主自由思想為出發點，不管什麼黨，什麼派，是者是之，非者非之。只求反映大多數群眾的意見和要求，絕不謳歌現實，也不否認現實。我們在政治鬥爭極端尖銳化的情況下，精神上時時感受到一種左右不討好的威脅。但我們的態度很明確：主張和平、反對內戰，主張民主、反對獨裁，主張統一、反對分裂。」其實，南京版的立場就是整個《新民報》報系的立場。在這一立場的指導下，《新民報》對重慶和談及隨後的國共兩黨之間的戰爭，都做了許多如實的報導。

毛澤東赴重慶談判，在重慶發表了那首有名的詞〈沁園春·雪〉，首次刊發的報紙就是《新民報》。這首詞是經柳亞子、王昆侖、郁風、黃苗子之手輾轉至吳祖光，由時任新民報編輯的吳祖光編發的。詞後還加了編者按：「毛潤之氏能詩詞渺為人知。客有抄得其〈沁園春〉詠雪一詞者，風調獨絕，文情並茂，而氣魄之大乃不可及。據毛氏自稱則遊戲之作，殊不足為青年法，尤不足為外人道也。」

到了1947年，內戰已經打起來了，國統區物價飛漲，民不聊生。面對這樣的現實，《新民報》發表社論〈請問有效的辦法在哪裏？〉：「大家都在為國家的前途疑懼，疑懼些什麼？疑懼我們在政治上的辦法究竟在哪裏？疑懼我們在經濟上的辦法究竟在哪裏？若拿不出可靠的辦法，提不出可靠的保證，大家便不免

猶疑，不免動盪，於是一切都在不可捉摸之中，一切都得不到安定。……由於事態的無法可想，由於各種矛盾因素的無法消除，於是只好用打的辦法來解決。好，那就打吧！今天這個局面，便是這個結論的注解。但老百姓有一個要求，就『速戰速決』，不管馬打死牛牛打死馬，若長年累月地打下去，那不是甲打乙乙打甲，而是在和老百姓作對了，為什麼老百姓該白受犧牲呢？」

1947年，國民黨舉行國大代表和立法委員的選舉，意欲「行憲」。陳銘德、鄧季惺夫婦寄希望於「憲法」和「立法院組織法」能使中國進入一個法治軌道。所以，儘管有思想激進的兒子吳敬璉和二女婿關在漢激烈反對，陳銘德、鄧季惺夫婦還是決定參加競選。陳銘德參加國大代表的競選，鄧季惺則參加立法委員的競選。陳銘德國大代表選舉順利通過。國民黨排擠鄧季惺，不予提名候選。鄧季惺只好決定「自由競選」，最終成功當選。

1948年6月17日，人民解放軍攻克開封，國民黨軍隊倉皇敗退，潰退之際在城市縱火，隨後國民黨的「東海」、「黃海」、「渤海」三個機群對開封城輪番轟炸，致使開封市民死傷無數。此時正趕上立法院開會，何應欽在6月24日的秘密會議上作了檢討中原戰局的報告，立法委員們群起質疑。鄧季惺當即提出了臨時動議：「空軍對開封盲目轟炸，人民損失慘重，責任誰負？應予追究！今後應嚴禁轟炸城市。」這份臨時動議由三十多名立法委員聯合簽名，何應欽不得不再次到會接受質詢，解釋說：開封兵力不足，官兵待遇低，所以不得出動空軍，轟炸中發生誤傷在所難免……

第二天，南京《新民報》就報導了立法委員們對轟炸開封的質詢及何應欽對戰局的檢討。此事一下子戳在了蔣介石的心上，6月30日，蔣介石親自主持會議，對南京《新民報》做出了永久停刊的決定。

幾乎與此同時，上海版被停刊，重慶版遭嚴重迫害；成都版被查封，各地編輯、記者和其他從業人員相繼被捕被殺和逃亡，

鄧季惺也不得不亡命香港。直到國民黨政府逃到臺灣之後，還是對鄧季惺發佈了「通緝令」。在中國新聞報業史存了二十多年的新民報系就這樣被國民黨專制政權扼殺了。

五

　　鄧季惺到香港之後還一心惦念《新民報》。她跑去問夏衍，解放以後，私人辦報還允許嗎？夏衍的回答是肯定的。此時夏衍是中共香港工委負責人，在陳銘德和鄧季惺想來，他說的話代表共產黨。於是，他們又開始了對未來的籌畫。他們設想，當新社會來到時，他們的報紙就可以揚眉吐氣，大展宏圖了。

　　1949年4月中旬，夏衍安排鄧季惺乘船回大陸。4月21日鄧季惺到了天津，然後去北京——新中國的首都。可是萬萬沒有想到的是，這以後，陳銘德、鄧季惺夫婦就再也沒有經營報業的機會了。在公私合營中，陳銘德、鄧季惺被戴上了資本家的帽子。1952年「三反」、「五反」運動中，給他們的結論是基本守法戶。再後，陳銘德被任命為北京市社會福利事業局副局長，鄧季惺則從西南軍政委員會委員的高官降任為北京市民政局副局長。

　　1957年，毛澤東動員黨外人士幫助共產黨整風，請求他們「監督」。此前，兒子吳敬璉回家關照過他們「說話小心一點」。鄧季惺卻說：「有啥子可以小心的？幫助黨整風嘛！」鄧季惺認真地提起意見來，她談到合營中「公」、「私」之間的矛盾；談到新聞自由；還談到民主和法治。她說：「我認為應該把黨的方針政策，縝密地規定到法律、法令和一切規章制度中去，然後由黨來監督執行。這樣，執行中也可以減少偏差。但是，現在還沒有樹立起法治精神，而是『人治』。」

　　結果鄧季惺、陳銘德雙雙當上了右派。直到1961年他們才有了新的工作，可是，是怎樣的工作呢？在全國政協文化俱樂部

裏，陳銘德當書畫組顧問，鄧季惺作小餐廳顧問。陳銘德為前來活動的畫家準備筆墨紙硯，端茶倒水；鄧季惺則做起了四川泡菜。人們不知道這一對古道熱腸的老人還有過輝煌的過去，更無意探測他們的內心。

「我本將心向明月，奈何明月照溝渠。」這或許就是夫婦此時的心理吧？這對夫婦一生都在想著辦一份純粹的民間報紙，「代民眾以立言」，可惜，這一願望最終還是夭折了。

需要補充的是，除了陳銘德、鄧季惺夫婦外，效力於《新民報》報的著名報人還有許多，最著名的當然要數「三張一趙」——即張友鸞、張恨水、張慧劍、趙超構，此外還有羅承烈、浦熙修等，他們每個人都有故事，每個人都是一部書。在這裏就不多寫了。

尾　聲

鄧季惺的前半生把大部分時間都給了社會，但是她也愛家。她以自己特有的方式愛家——無論到哪裏，她都要建一所舒適寬敞、設計合理的房子。她的老同事、著名報人趙超構就說：「鄧季惺一輩子就愛蓋房子。」1933年，在南京她自己親自參與設計蓋了一幢花園洋房，取名「鶼廬」；抗日戰爭爆發後，舉家遷往重慶，她又在江北買了一塊地，修了一幢二層小樓；1943年去成都開辦報紙，鄧季惺依然建了一所紅磚二層小樓。解放初，鄧季惺決定把家安在北京，便又在南長街買了一塊地，與中山公園只有一牆之隔，蓋了一幢三百多平方米的三層洋樓。這是一家人享用時間最長的一座房子。直到「文化大革命」，紅衛兵進駐，一家人才不得不搬出來。

1986年，陳銘德病重，以為將不久於世，向親人話別，他對鄧季惺說：「來世我們再做夫妻。」大概是上蒼有感於他的

真情，他竟奇蹟般地又生存了下來，直到1989年2月病逝，享年九十二歲。六年以後，鄧季惺辭世，享年八十八歲。

鄧季惺是學法律出身的。這對她影響很大，直到晚年，她還熱心呼籲民主和法治建設，還在呼籲加快新聞改革的步伐，對反腐倡廉更是不遺餘力。就在去世前的一個多月，她還上書民建中央轉呈中共中央，表達對北京王寶森案件的看法。其中說——

> 民建中央：
>
> 聽罷傳達中共中央對王寶森案件的處理和有關情況，我思緒萬千。概括說來有兩點：一是深感王寶森這個罪犯太可恨太可鄙了！他真是死有餘辜！一是對中共中央決定將反腐敗進行到底的決策，大為振奮，雙手擁護。
>
> 王寶森的諸多罪行之一，是大量挪用公款、違法批貸，供其弟及姘婦以及關係密切的人進行營利活動；他們一夥狼狽為奸，可以把有關的銀行當成自己的金庫，對某些走俏產品（如汽車和房地產），以其權力和特殊關係低價買進，高價買出，轉瞬之間，即成為擁資幾千萬元甚至上億元的暴發戶；國家和人民的財產，則蒙受重大損失。
>
> 「樹德務滋，除惡務盡」，為使反腐敗鬥爭收到宏效，危害國家和人民的蠹賊不再興風作浪，現就一時想到和管見所及，提出幾點建議和希望：
>
> （一）王寶森挪用公款、違法批貸、結夥營私的「關係戶」必須一一查出，不使漏網。
>
> （二）類似王寶森這樣的挪用公款、違法批貸、同惡相濟的敗類，地方上想亦有？大有查明的必要。
>
> （三）對發橫財的暴發戶尤其是其中的共產黨員，應責令他們交代資金和產業的來源。黨風黨紀不容敗壞，國家和人民的利益不容劫奪。

反腐倡廉，興利除弊，國運所系，感念及此，一貢芻蕘之言。請閱審。並請轉中共中央參酌。

鄧季惺

1995年7月18日寄交老幹部處轉

在陳銘德和鄧季惺的墓碑上，刻著這樣一段文字：「陳鄧二人畢生追求新聞自由、民主政治和民族富強，即使身處逆境，依然保持堅定執著的信念，相濡以沫，共度艱難歲月……」這段話，是對這對夫婦的中肯評價。

前事今識

中國近現代的新聞往事

第七章

鄒韜奮的精神遺產

　　1944年7月24日，鄒韜奮先生因耳癌而去世。從那時至今已有六十年之久了，半個多世紀的時光並沒有將鄒韜奮的光輝業績湮沒，相反，當回顧這位傑出的新聞記者、出版家、政論家的生平時，我們發現，他給今人留下的是一筆筆豐厚的精神遺產。

一

　　鄒韜奮，原名鄒恩潤，1895年11月出生於福建永安，少年時代在福州求學，1912年赴上海，考入南洋公學（上海交通大學的前身），先讀小學，1913年升入中學，1917年升入大學，學的專業是機電。機電與新聞可謂風馬牛不相及，可是，鄒韜奮這個學理科的人卻偏偏愛上了文史，一心想做新聞記者。他一有空就往圖書館跑，每次都要找當時上海有名的報紙《時事新報》。當時，著名記者黃遠生在《時事新報》上開了一個專欄「北京通訊」，這個專欄深深地吸引著鄒韜奮，他十分佩服黃遠生，希望自己將來也能成為黃遠生那樣的記者。

　　可是，由於家境貧寒，鄒韜奮的大學還沒有讀完，就被迫休學了，他不得不一面幹雜活，一面求學，1919年2月，他到江蘇宜興蜀山鎮給人家當起了家庭教師，幹了半年，又帶著掙來的錢返回了上海的大學課堂。由於缺課太多，他的機電專業索性不上了，改學了文科，9月轉入上海聖約翰大學，主修西洋文學，副修教育學。

1921年7月，鄒韜奮大學畢業，先在上海厚生紗廠、上海紗布公司任英文秘書，還兼任中學英文教師，但都為期不長。1922年，經黃炎培介紹，鄒韜奮參加了中華職業教育社的工作，擔任編輯股主任，主編《教育與職業》月刊，從此開始走上了編輯出版的道路。

1925年，中華職業教育社在上海創辦《生活》週刊，作為進行職業教育的園地。《生活》週刊出刊一周年的時候，主編王志莘辭去職務，到銀行任職，鄒韜奮接編了這份在當時看來十分不起眼的週刊。當時，《生活》週刊每期只印兩千份左右，鄒韜奮在編輯這份週刊之餘還得兼任《時事新報》的秘書主任，這樣才能維持自己的生活。但是，經過鄒韜奮的努力工作，《生活》週刊的銷量迅速上升，1927年底就達到了兩萬多份，鄒韜奮不得不於1928年辭去兼職，專心主編《生活》週刊。

原來《生活》週刊的宗旨是：「揭出社會上困苦和快樂的生活實況，並加以批評建議」，「揭出人類正當生活的途徑」，「揭出各種職業之性質與青年擇業安業樂業的準則」等。鄒韜奮接編之後，將《生活》週刊的宗旨改為：「暗示人生修養，喚起服務精神，力謀社會改造。」這個宗旨切中了當時一些底層民眾的「心脈」，同時，鄒韜奮又特別注重刊物和民眾之間的「互動」，所以，《生活》週刊很快就在青年中有了極大的影響。

從第二卷第一期起，鄒韜奮就開闢了「讀者信箱」專欄，發表讀者的意見、希望和編者的答覆，這大大地拉近了編讀之間的關係；以後鄒韜奮每主編一種刊物，都保持這一專欄，這在我國報刊史上屬首創。鄒韜奮用全副精神處理讀者來信，「以極誠懇、極真摯的情感待他們，簡直隨他們的歌泣而歌泣，隨他們的喜怒而喜怒。」「與讀者的悲歡離合、酸甜苦辣打成一片。」[1]為讀者「竭我智能，盡忠代謀」。[2]讀者來信一小部分在報刊上公開發表和解答，大部分信給予回覆。後來讀者來信多了，他確定四個人專門負責處理來信，覆信立卡存檔，每封覆信鄒韜奮都要親

自過目，簽名後寄出。他為讀者提供資訊，交流思想；代讀者辦事、購物；組織讀者參加社會活動。他成為讀者的「好朋友」，讀者也成了他的良師益友，編者和讀者由此形成了良性互動。

從第二卷第四十七期起，鄒韜奮又在《生活》週刊上開闢「小言論」專欄，每期一篇，用「最生動、最經濟的筆法」議論。與此同時，鄒韜奮在辦刊理念上也提出了自己的見解，形成了自己的個性和特色。在編輯方針方面，鄒韜奮認為：「最主要的是要有創造精神。尾巴主義是成功的仇敵。」「在內容上是講人民大眾想講的話；在文字方面，力避『佶屈聱牙』的貴族式文字，用明顯暢快的平民式文字。」③

他強調《生活》週刊要用「生動的文字」，要用「有價值有興趣的材料」來同讀者見面，「其注意之點不但在『報有價值』，尤在『報有趣味』」。他既不贊成老生常談，也反對「滑頭面孔」④，而提倡寓教育於趣味之中。鄒韜奮這樣創辦報刊在當時是少有的。他還說：「不管是老前輩來的（稿件），或是後輩來的（稿件），不管是名人來的，或是『無名英雄』來的，只須是好的我都要竭誠歡迎，不好的我也不顧一切地不用。在這方面我只知道週刊的內容應該怎樣精彩，不知道什麼叫做情面，不知道什麼叫做恩怨，不知道其他的一切！」有了這樣的辦刊作風，《生活》後來的成功就不值得吃驚了。如何反映底層最廣大民眾的呼聲並和他們形成良性互動，這始終是新聞傳媒必須面對一項課題。鄒韜奮先生在這方面的作為實在值得今天的傳媒借鑒，可以說，這是他給今人留下的第一筆寶貴的精神遺產。

二

在鄒韜奮的主持下，《生活》週刊的內容逐漸地由探討個人職業與生計問題為主變為評述時事政治與社會問題為主，最終走

出了「職業教育」的圈子，走向了更廣闊的社會生活。它的讀者也隨即由最初的職業青年和失業青年擴展到了社會的各個階層。隨著時局的變化，鄒韜奮多次撰文說明刊物的性質和宗旨。1927年，他說：「本刊的動機完全以民眾的福利為前提」⑤1928年，他強調辦報要「以讀者的利益為中心，以社會的改進為鵠的。」⑥1930年他表明，創辦報刊「不以贏利為目的」，「全靠自己的正當收入來維持自己的生存與力求自己的發展。」⑦同年，他還宣佈：「依最近的趨勢，材料內容尤以時事為中心，希望用新同學的眼光，為中國造成一種言論公正評述精當的週刊。」⑧ 1931年「九一八」事變後，《生活》週刊更是及時調整，迅速走在了民族解放鬥爭的前沿，1932年，鄒韜奮先生宣佈：「本刊最近已經成為新聞述評性質的週報。」⑨可以說，隨著時局的變化相應地調整自己的辦刊思路和辦刊宗旨，以緊跟時代步伐，這是鄒韜奮先生留下的又一筆精神遺產。

在上海淞滬抗戰中，《生活》週刊每日編發「緊急號外」，組織讀者支援前線、發動捐款、徵集物資、開辦傷員醫院等。在大聲疾呼抗日救亡的同時，《生活》週刊還勇敢地揭露國民黨政府的腐敗現象，抨擊國民黨在抗戰問題上的錯誤政策。1931年8月，讀者來信要求披露國民黨政府交通部長王伯群貪污交通建築款、造房納妾的醜行。鄒韜奮親自調查了此事，並給王伯群新建的花園洋房拍了照片。王伯群得到風聲後，派人攜鉅款找鄒韜奮，企圖「資助」鄒韜奮和《生活》週刊，目的當然要免登相關報導。鄒韜奮斷然拒絕了這筆交易，於8月15日在《生活》週刊上發表了讀者來信、記者調查和照片，並斥責王伯群為「作賊心虛而自己喪盡人格者」。這一報導，得到了廣大讀者的支持和稱讚。同年的11月28日，《生活》週刊第六卷第四十九期上發表了鄒韜奮的文章〈政府廣播革命種子！〉，指出國民黨政府壓制抗日言行就是「廣播革命種子」，並警告說：「民眾為自衛及衛護民族計，隨時有爆發的機會，起來革命！」

　　當《生活》週刊以提倡個人修養和職業道德為基本內容時，國民黨上海市政府教育局稱讚它「取材豐富，理論新穎」，而在它宣告以時事為中心後，就日益為國民黨當局所不滿。1931年底，就從南京傳出國民黨中央黨部將勒令《生活》週刊停刊的消息，1932年，國民黨政府下令停止《生活》週刊的郵寄。但是，這些手段仍然不能遏制《生活》週刊影響的擴大。1932年，《生活》週刊的發行量超過了十五萬份，成為當時銷售量最大的雜誌。也就是在這一年，它公開宣稱擁護社會主義的主張，發表了一系列宣傳社會主義的文章。

　　鑒於《生活》週刊隨時可能被扼殺，鄒韜奮和同事們採取了一系列措施以減少損失。1932年成立生活書店，使作為刊物的《生活》週刊和作為出版機構的生活書店相分離，同年10月，鄒韜奮寫了〈與讀者諸君告別〉的文章備用。可以說，鄒韜奮對《生活》週刊的被查封是有思想準備和行動準備的。在這篇「告別」文章中，鄒韜奮重申了自梁啟超、邵飄萍等先輩所倡導的新聞自由的原則，表示要堅決捍衛「報格」，他說：「絕對不容侵犯的是本刊在言論上的獨立精神，也就是所謂報格」，「定為保全人格報格而絕不為不義屈」。希望讀者「把對本刊言論的同情移到實際方面的努力上，共同奮鬥，共謀中華民族的獨立與解放。」

　　1933年12月8日，國民黨政府以「言論反動、思想激進、詆謗黨國」的罪名下令查封《生活》週刊。12月13日，《生活》週刊在上海一些報紙上刊登公告：「本刊迫於環境，無法出版，結束辦法可另行通知」。16日，《生活》週刊出版最後一期——第八卷第五十期，在這期上發表了署名「同人」的文章〈最後的幾句話〉，其中說：「統治者的利劍可以斷絕民眾文字上的聯繫，而不能斷絕精神意識上的聯繫。人類的全部歷史記載著，民眾利益永遠戰勝了一切。」當然，這一期上還刊載了鄒韜奮一年前就寫好的告別文章。

三

　　當鄒韜奮的〈與讀者諸君告別〉在最後一期《生活》週刊上
發表的時候，鄒韜奮本人已經身在歐洲了。事情是這樣的：1933
年6月18日，中國民權同盟總幹事楊杏佛被國民黨特務暗殺，此
事震動很大。鄒韜奮當時也被特務列入了暗殺名單，情況非常緊
急。為了躲避暗殺，鄒韜奮於7月14日出國流亡，而《生活》週
刊的編務則交由胡愈之、艾寒松等人打理。

　　從1933年7月至1935年8月，鄒韜奮一直在國外流亡。他先後
到過義大利、瑞士、法國、英國、比利時、荷蘭、德國、前蘇聯
和美國。在出國之前，他就打算把在國外的見聞和感想寫出來，
寄回《生活》週刊發表。整裝待發之時便寫下了第一篇稿件〈開
端〉，此後每到一處都細心採訪，深入調查，兩年時間便寫下了
一百五十九篇國外通訊，計五十萬字，後來彙編成了《萍蹤寄
語》和《萍蹤憶語》兩部書，前者在他回國前已編成集子出版，
後者則是他回國後整理成篇的。

　　鄒韜奮曾說，自己在國外採訪寫作時，「心目中常常湧現
著兩個問題：第一是世界的大勢怎樣？第二是中國民族的出路怎
樣？中國是世界的一部分，我們要研究中華民族的出路怎樣，不
得不在意中國所在的這個世界的大勢怎樣，這兩方面顯然是有
很密切的關係的。」由此我們可以看出鄒韜奮的「大局觀」。
我覺得，這是鄒韜奮先生給今天的新聞工作者留下的又一筆精
神遺產。讀近現代名人的著作，我明顯地感到與今人的文章有
差異，這其中最大的差異還不在行文習慣上，而在文字所展
示的氣魄上。前輩們的文字——從梁啟超、章太炎到陳獨秀、
魯迅，從蔡和森、毛澤東到范長江、鄒韜奮——都有一種叫做
「偉人氣象」的東西充盈其間。這些人儘管思想性格各異，文

風也各不相同，但他們的文章都體現出了一種極寶貴的人生品格：注重對世界和人生本源的追問，面對紛繁的社會，有「捨我其誰」的自信和救民眾於水火的責任感。這些文字反映出了這些人的胸襟，他們的心裏裝著的的確是民族的苦難與希望，而絕不僅僅是一己的利害得失。或許正因為他們有這份自信，有這樣的責任感，所以他們才能從容地應對艱難的世事和坎坷的人生。

當年，毛澤東在延安的窯洞裏接受美國記者愛德格·斯諾的採訪，他侃侃而談，縱論天下，那顯然是一種「偉人氣象」——他絲毫不因身處簡陋的窯洞而自暴自棄，他確信：簡陋的窯洞幾乎一定會因他心靈的博大、豐富和複雜而在歷史上留下生動的一筆；因躲避暗殺而不得不流亡國外的鄒韜奮，也有「偉人氣象」——他流亡之際仍念念不忘「世界的大勢」和「中華民族的出路」。我總感覺，這種品格單純地用「樂觀」一詞來形容是不精確的。沒有足夠博大的胸懷和遠大的人生追求，光知道嘻嘻哈哈地「樂觀」的人是斷然做不出這樣的舉措的。能做出這樣舉措的人，一定是超拔的，他們堅信：自己生命的意義絕不會止於今生，它一定會以某種方式影響後人和後世。所以，我寧願把它叫做「偉人氣象」。時代發展到今天，偉人實在是可遇不可求了，我們凡人不必妄想做偉人；但是，我們還應該從「偉人」和先輩們那裏學點「偉人氣象」——胸襟更博大一些，見識更高遠些，思想更深刻些，心靈更豐富些，性格更超拔些。不要把全部的心思都用在工資、獎金、職稱、升遷、房子、傢俱、裝修等「物化的」瑣碎的生活中，我們活在滾滾紅塵中，是不是也該時不時地抬起頭，看看藍天與白雲，想想這個「世界的大勢」和我們「中華民族」的前世今生……

四

1935年8月，鄒韜奮回到了上海，一方面整理材料，撰寫《萍蹤憶語》一書，另一方面著手創辦刊物。努力之下，11月16日，《大眾生活》在上海創刊了。鄒韜奮在發刊詞〈我們的燈塔〉中宣佈辦刊宗旨：「力求民族解放的實現，封建殘餘的剷除，個人主義的克服」。當時日本正在策劃「華北自治」，而國民黨政府卻在高唱「敦睦邦交」。《大眾生活》及時揭露日本侵略者的陰謀，猛烈抨擊國民黨政府以「赤化」、「妨礙邦交」為藉口鎮壓人民大眾的抗日運動。北平爆發「一二‧九」運動後，《大眾生活》立即響應，發表了十多篇文章，稱頌學生的救亡運動，認為「這是中國民族鬥爭的序幕，這是中國大眾為民族爭生存不怕任何犧牲的先聲！」這之後，又陸續報導了上海、南京、武漢、杭州等地的學生運動，號召學生和中國大眾結成全國救亡的聯合戰線。《大眾生活》成了救亡運動的輿論機關，它還報導上海文化界救國會、北平文化界救國會等社會團體的活動。1936年2月11日，國民黨中央宣傳部發表〈告國人書〉，給上海文化界救國會加上了「反對中央」、「顛覆政府」的罪名，2月14日，上海文化界救國會發表了〈對中宣部告國人書之辯正〉，指出救國會不是「一紙污蔑文書所能恫嚇得了的」，同時還呼籲停止內戰，一致對外。《大眾生活》刊登了這個文件。這再次惹惱了國民黨中央政府。他們先是找鄒韜奮「談話」，後下令停郵《大眾生活》，最後於2月29日查封了《大眾生活》。

《大眾生活》被查封後，鄒韜奮面臨著被國民黨逮捕的危險，為了避禍，他化名離開上海去香港，再次流亡。到香港後，於1936年6月7日創刊了《生活日報》。《生活日報》繼承了《大眾生活》的衣缽，繼續宣傳團結抗日。鄒韜奮在〈發刊詞〉中

寫道：「本報的兩大目的是努力促進民族解放，積極推廣大眾文化。」同時還表示：「同人願以自勉的第一義，便是以全國民眾的利益為一切記述評判和建議的中心標準。」鄒韜奮主持《生活日報》，除了負責制定報導方針外，還著重抓言論和讀者來信。頭版每天都有社論，由鄒韜奮執筆，每篇五百字左右，針對讀者關心的各類問題發表評論。

《生活日報》創刊的前幾天，爆發了「六一事變」，廣東和廣西的軍閥聯合起來，聲稱「抗日反蔣」。當時香港有不少報紙支持這次事變。而《生活日報》則力排眾議，宣傳「槍口對外，團結禦侮」，並提出了「全國一致對外的口號」，呼籲「必須發動整個中華民族的大抗戰」，顯示了鄒韜奮高遠的政治見解。

《生活日報》的創辦，得到了中國共產黨的關懷和支持。當時在天津主持中共中央華北局工作的劉少奇，於1936年5月24日、6月19日兩次署名「莫文華」給鄒韜奮寫信，對於出版《生活日報》表示歡迎，並就該刊的性質、任務與宣傳方針提出建議。鄒韜奮在《生活日報星期增刊》上發表了這兩封信，並加上編者的話，表示完全接受。中共在南方的黨組織同鄒韜奮建立了聯繫，共產黨員胡愈之、惲逸群等參加了《生活日報》的工作。

《生活日報》是一家在貧民窟出版的報紙，困難極大。稿件要經過香港英國殖民地政府的審查，「帝國主義」只能寫成「□□主義」；紙張昂貴，印刷條件差，鉛字不全，常常要在大標題裏鑲小號字。例如，缺少「鑱」字，就印一個「產」，下面加括弧注「加金旁」。另外就是華南地區交通不便，嚴重地影響了《生活日報》的發行。鑒於這種情況，中共在南方的黨組織建議《生活日報》遷往上海，以擴大它在全國的影響。鄒韜奮接受了這個建議。1936年7月31日，《生活日報》在香港自動停刊，《生活日報星期增刊》改為《生活日報週刊》繼續在香港出版。但是，由於國民黨政府不予登記，《生活日報》沒能在上海出版。於是，《生活日報週刊》宣佈遷往上海，並改名為《生活星

期刊》，鄒韜奮依然任主編兼發行人。可惜，出版不久，鄒韜奮
就被捕入獄了——1936年11月23日，鄒韜奮與沈鈞儒、李公僕、
章乃器、沙千里、史良、王造時一起因主張抗戰被捕，這便是有
名的「七君子」事件。在獄中，鄒韜奮也沒有停止著述，他寫
道：「我要揹著這枝禿筆，揮灑我的熱血，傾獻我的精誠，追隨
為民族解放和大眾自由而衝鋒陷陣的戰士們『冒著敵人的炮火前
進』！」

「七君子」被關兩百四十三天後出獄。1937年8月13日「淞
滬會戰」爆發後，鄒韜奮又出版了《抗戰》三日刊，上海淪陷
後，鄒韜奮取道香港、廣東、廣西抵達武漢。到武漢後，鄒韜奮
到八路軍辦事處訪問了周恩來，主動接受了中國共產黨的領導。
此時的鄒韜奮在民眾中享有極高的聲望，他主持的書店和出版
物遍及全國，甚至在海外華僑中也有許多讀者。國民黨當局也企
圖控制鄒韜奮，遂對他軟硬兼施：一面威脅說「殺一個鄒韜奮絕
對不會發生什麼問題」，另一面又拉他參加國民黨。1938年初，
蔣介石親自找鄒韜奮、杜重遠談話，要他們「特別注重組織的重
要」。但鄒韜奮不為所動，反倒一再表示要加入中國共產黨，周
恩來勸他留在黨外，發揮民主人士的作用。

1938年3月，鄒韜奮參加了中國青年記者學會，被推為名譽
理事。7月6日，被國民黨政府聘為參政員，出席在漢口舉行的國
民參政大會。同年10月28日，國民參政會在重慶舉行第二次大
會，會上，鄒韜奮提出了〈請撤銷圖書雜誌原告審查辦法，以充
分反映輿論及保障出版自由案〉，經過激烈辯論，此提案獲得
了通過。不過，國民黨當局依然我行我素，根本不受這個提案
的約束。

抗日戰爭進入到相持階段之後，國民黨借《戰時新聞檢查
辦法》、《戰時新聞違檢懲罰辦法》、《抗戰時期報紙通訊社申
請及變更登記暫行辦法》等法令壓制進步新聞出版和文化事業。
鄒韜奮主持的書店多次被封，主編的刊物也多次受到刁難，他的

文章屢次被檢扣。為了爭取書店和刊物的生存權利，他多次給國
民黨當局寫信表示抗議。他還親自找國民黨中央宣傳部部長葉楚
傖、副部長潘公展交涉，爭取和捍衛新聞自由。國民黨特務機構
中央調查統計局局長徐恩曾是鄒韜奮在南洋公學的同班同學，鄒
韜奮也找他「晤談」，爭取「自由空間」。徐恩曾直率地對鄒韜
奮說：「到了現在的時候，不做國民黨就是共產黨，其間沒有中
立的餘地，無所謂民眾的立場！你們這班文化人不加入國民黨就
是替共產黨工作！」徐恩曾還承認「跟」了鄒韜奮達七年之久，
未能證明他加入了共產黨，希望他加入國民黨。這一要求被鄒韜
奮當場拒絕了，徐恩曾十分惱怒。

　　為了理想，為了「主義」，「貧賤不能移，富貴不能淫，威
武不能屈」，這是鄒韜奮先生留給後人的又一筆精神遺產。

五

　　1941年1月，「皖南事變」發生，舉國為之震驚，鄒韜奮針
對此事寫了一篇社論，但全文被扣。憤怒之下，鄒韜奮決定在報
上「開天窗」以示抗議。這之後，他再次陷入危險的處境中，他
在秘密拜訪了周恩來、沈鈞儒、黃炎培等人後，於2月25日凌晨4
時隻身一人化裝出走，取道湖南、廣西，最後抵達香港。

　　鄒韜奮抵港時，范長江等人正在籌辦《華商報》。他們用預
付稿費的方式在經濟上資助鄒韜奮，隨後又在報上連載了鄒韜奮
的〈抗戰以來〉。與此同時，鄒韜奮自己也在積極地籌辦刊物，
經過努力，《大眾生活》於5月17日復刊出版。鄒韜奮在復刊辭
中寫道：「擺在全國人民面前的緊急問題，就是如何使分裂的危
機根本消滅，鞏固團結統一，建立民主政治，由此使抗戰堅持到
底，以達到最後的勝利。」至12月8日，太平洋戰爭爆發，在香
港的《大眾生活》不得不再次停刊。至12月25日，香港淪陷，鄒

韜奮躲在「貧民窟」中避難。後來，中共中央指示華南工作委員會將鄒韜奮、沈雁冰等二十多位文化界人士由香港轉移到內地，他們一行在東江縱隊的護送下，於1942年1月15日抵達東江游擊隊的機關報《東江民報》編輯部，此後又經過多次輾轉，至9月下旬才抵達蘇中抗日根據地。鄒韜奮在蘇中抗日根據地會見了粟裕、黃克誠、陳丕顯等領導人。對抗日根據地的考察給了鄒韜奮極大的信心，他在給陳毅的信中說：「過去十來年從事民主運動，只是隔靴搔癢，今天才在實際中看到了真正的民主政治。」

1943年2月，鄒韜奮被確診為耳癌。陳毅軍長主持緊急會議，研究治療問題。病中的鄒韜奮也表示：「希望病癒之後再和大家一起努力二、三十年」，還說要辦一家日報。1944年初，病情稍好，他就又提筆撰寫《患難餘生記》，計畫寫五章，可是只寫到第三章就因病情惡化而寫不下去了。6月2日，鄒韜奮召集親友，口述遺囑，「最後一次呼籲全國堅持團結抗戰，早日實現真正的民主政治，建設獨立自由幸福的新中國」。同時他還請求中共中央審查他的歷史，如其合格，請追認入黨。遺囑還勉勵眷屬、子女，努力工作、學習，為革命事業做貢獻。

1944年7月24日上午7時20分，鄒韜奮與世長辭，遺體以「季晉卿」假名入殮。在鄒韜奮病逝之後，劉少奇與陳毅書寫輓聯：「噩耗傳來，憶抗敵冤獄，民主文章，革命氣骨，涕淚灑襟哭賢哲；勝利在望，看歐西革故，敵後鼎新，人民抬頭，光芒到處慰英靈。」9月28日中國共產黨中央委員會致電鄒韜奮家屬，高度評價了鄒韜奮先生的一生，電稱：「韜奮先生二十餘年為救國運動，為民主政治，為文化事業，奮鬥不息，雖坐監流亡，絕不屈於強暴，絕不改變主張，直至最後一息，猶殷殷以祖國人民為念，其精神將長在人間，其著作將永垂不朽。先生遺囑，要求追認入黨，骨灰移葬延安，我們謹以嚴肅而沉痛的心情，接受先生的臨終請求，並以此引為吾黨的光榮。」毛澤東也為鄒韜奮題詞：「熱愛人民，真誠地為人民服務，鞠躬盡瘁，死而後已，這

就是鄒韜奮先生的精神，這就是他之所以感動人的地方。」作為傑出的新聞記者、政論家和出版家，鄒韜奮先生是無愧於這些評價的。

注釋：

① 鄒韜奮《事業管理與職業修養》，第154頁，三聯書店1982年版。
② 鄒韜奮〈本刊所受的刺激〉，《生活》週刊第4卷第10期。
③ 鄒韜奮〈人民的喉舌〉，《韜奮論報刊》第3-7頁，福建人民出版社1980年版。
④ 同上。
⑤ 鄒韜奮〈本刊與民眾〉，《生活》週刊第2卷第21期，1927年3月27日。
⑥ 鄒韜奮：〈《生活》週刊究竟是誰的〉，《生活》週刊第4卷第1期，1928年11月18日。
⑦ 鄒韜奮：〈《生活》五周年紀念特刊預告〉，《生活》週刊第5卷第52期，1930年12月7日。
⑧ 鄒韜奮〈我們的立場〉，《生活》週刊第6卷第1期，1930年12月13日。
⑨ 鄒韜奮〈我們最近的思想和態度〉，《生活》週刊第7卷第1期，1932年1月9日。

前

事今識

中國近現代的新聞往事

從范長江的婚禮說起

　　許多人都知道，「范長江新聞獎」是現在全國新聞的最高獎，很多新聞從業者以能獲得此獎為終身之奮鬥目標。但是，對范長江本人，不少人卻知之不詳。不久前網上有這樣一則消息，說一家報社舉行招聘記者考試，其中有一題關涉范長江，結果有人答曰：「范長江是小品演員」，顯然，這位老兄是把范長江跟潘長江給搞混了。無論如何，范長江都是不該被混淆和遺忘的，尤其是對新聞工作者來說。在二十世紀三、四十年代，范長江在新聞界是大名鼎鼎的，建國之後，他還當過《人民日報》的社長。

　　我們先看看他舉行了一個怎樣的婚禮。1940年12月10日，范長江與沈鈞儒的愛女沈譜在重慶結為伉儷。他們在報上登了一則啟事：「……所有新舊儀式，一概從刪。是日下午三時至六時，在重慶棗子崗垭83號良莊敝寓舉行茶會，歡迎本埠親友光臨。抗戰期間，本外埠親友地址遷移無常，故一律不再單獨通知，以免萬一遺漏，轉致不恭，且民生日艱，無論何種饋贈，徒損物資，謹此聲明辭謝。」

　　也就是說，來祝賀婚禮的人，僅有清茶一杯相待。以常規論，這樣的婚禮，實在太「寒磣」了。然而，范長江的婚禮卻是高朋滿座：周恩來、馮玉祥、于右任、黃炎培、李公樸、王昆侖、郭沫若、田漢等人紛紛到場，馮玉祥將軍的手裏還攥著一幅親筆撰寫的賀聯，周恩來也祝賀新婚夫婦「同心同德」，文人們更是紛紛寫下賀詩。

　　出席婚禮的來賓可謂陣容豪華，但是，范長江和沈譜穿著卻十分樸素。兩人各穿一件藍布長衫，沒有任何標誌性的飾物。

在來賓中，還有一些慕范長江大名而來的朋友，他們只知范長江大名而未曾謀面，他們自己提了酒菜，帶著酒杯，熱情地來向新人祝賀，可擠來擠去，左顧右盼，竟然辯認不出到底誰是新郎新娘。見此景，李公樸便與馮玉祥商量辦法，馮見桌上花瓶，就大聲說：「有了」。二人隨即取出鮮花兩枝，分別別在新人的衣襟上，以示區別，至此，范長江的「發燒友」們才得識「廬山真面目」。

范長江的婚禮絕對是別開生面的。我常想，個性也好，風格也罷，一個飛揚的人生總會給後人留下一些軼事或者說是談資，軼事，常常是我們解讀前人生存狀態的一面鏡子；軼事，也是我們瞭解時代精神風貌的一個密碼。范長江的新聞通訊是膾炙人口的，這跟他別開生面的婚禮是吻合的。「尷尬人難免尷尬事」，同樣道理，有個性的人才會舉辦出有個性的婚禮。現在的新聞人，還有誰的新聞通訊可與范長江的《動盪中的西北局勢》那樣震動朝野呢？退一步來，不比文章，講個性的張揚，如今的新聞人又有誰的婚禮辦得像范長江的婚禮那樣卓然不群、神采飛揚呢？在一個消費主義盛行的時代，在互相攀比的社會風氣下，即便是今人有「婚禮從儉」的想法，恐怕雙方父母以及親戚朋友也不答應吧。范長江的婚禮距今已經有六十多年，但它還在歷史的夾縫中熠熠發光，可今人的婚禮，我參加一個忘一個──不論司儀多麼賣力地製造氣氛，也不論宴會的檔次多高（為了不重蹈今人的覆轍，我堅絕不舉行婚禮）。這就是所謂的差距吧。一個時代，當奇聞軼事都缺乏新意的時候，我們也就不能過分地期望奇人奇文了。

接下來我們再看看范長江其人。范長江，原名范希天，1909年10月出生於四川省內江縣田家鄉趙家壩。他一生的經歷充滿了傳奇色彩。1927年初，黃埔軍校到重慶招生。范長江趕去報考，但是遲到了一步，黃埔軍校在重慶的招生工作已於一天前結束。范長江不想再回內江去，便找到當時正在重慶的同鄉黎冠英，通

過他的介紹，進入了中法大學重慶分校學習。後來為了謀生，范長江加入了賀龍領導的20軍，當了學生兵，不久即隨軍轉赴南昌。8月1日，他參加了著名的「八‧一」南昌起義。南昌起義後，范長江隨部隊南移，在突圍戰鬥中，范長江被衝散，流落街頭，貧病交加，在汕頭時幾乎病死，處境極為艱難。此後，他先後三次進入大學學習，從1933年下半年起為北平《晨報》、《世界日報》和天津《益世報》等撰稿，開始他的記者生涯。由於他文筆精練、視角獨特，引起了天津《大公報》社的注意。1934年，《大公報》約大寫稿，1935年5月，范長江以《大公報》社旅行記者的名義開始了他著名的西北之行。他在上海乘民生公司的「民主」號輪溯江西上，在家鄉四川內江作短暫停留後，來到成都。之後途經四川江油、平武、松潘，甘肅西固、岷縣等地，兩個月後到達蘭州。在蘭州稍事休整後，他又向西深入到敦煌、玉門、西寧，向北到臨河、五原、包頭等地進行採訪。他的這次西部之行，歷時十個月，行程四千餘里，沿途寫下了大量的旅行通訊，真實地記錄了中國西北部人民的生活狀況，對少數民族地區有關宗教、民族關係等問題也作了深刻的表述；更為重要的是，他的旅行通訊中還記載了紅軍長征的真實情況。這些通訊從《大公報》上發表後，在全國引起了強烈的迴響，《大公報》的發行數量陡增。不久，當這些通訊彙編為《中國的西北角》一書後，出現了讀者搶購潮，「未及一月，初版數千部已售罄，而續購者仍極踴躍。」接著數月內，此書又連出了七次，一時風行全國。

　　西北之行結束後，范長江被《大公報》社聘為正式記者。1936年12月12日，「西安事變」發生了。范長江又涉險去西安、延安等地進行採訪。他在楊虎城公館見到了周恩來同志。周恩來就西安事變的發生、經過和中國共產黨的主張及有關抗日等重大問題與范長江作了交談。為深入瞭解陝北的情況，范長江向周恩來提出到延安去採訪的請求，得到了同意。到達延安的當天晚上，毛澤東在窰洞裏跟范長江進行了徹夜長談。這次長談對范

長江產生了重要的影響，為他日後的人生道路選擇埋下了伏筆。1937年的2月12日，范長江回到了《大公報》。他立即找到總經理胡政之，要求次日發他關於西北的報導。胡政之權衡再三，答應了范長江的要求。

次日，也就是1937年的2月13日，范長江連夜趕寫的文章——〈動盪中之西北大局〉在《大公報》刊出了，這篇文章頓時轟動朝野。這一天，恰好趕上從西安回來不久的蔣介石主持召開了國民黨五屆三中全會。范長江文章的內容跟蔣介石所做的報告中說法截然相反，蔣介石勃然大怒，將正在南京的《大公報》社總編輯張季鸞狠罵了一通，並命令此後嚴加檢查范長江的文章和私人信件。毛澤東看了范長江的這篇文章後，非常高興，曾親筆致函范長江表示謝意。至此，范長江給國共兩黨的最高領導人都留下了深刻的印象。

「盧溝橋事變」爆發，范長江先後採訪了盧溝橋、長辛店、保定等地，在槍林彈雨中寫下了〈盧溝橋畔〉、〈血泊平津〉、〈西線風雲〉等戰地通訊，名氣越來越大。據說，在1938年4月，范長江從前線採訪回武漢後受到英雄般的歡迎，《大公報》總編張季鸞親自主持宴會為他洗塵。愛才如命的胡政之、張季鸞一度想讓他日後執掌《大公報》，做總編。結果，卻事與願違。因一次偶然的衝突，范長江離開了《大公報》，之後加入了中國共產黨，建國後歷任《解放日報》社長、新聞總署副署長、《人民日報》社長等職。然而好景不長，1952年他轉任政務院文化教育委員會副秘書長，這位「願意終身為新聞事業努力的人」被迫離開了他所熟悉的新聞界，告別他心愛的新聞事業。1954年，他轉任國務院第二辦公室副主任。1956年，他被派到他完全陌生的科技部門工作，先是任國家科委副主任，兩年後任全國科協副主席兼黨組書記。「文革」一爆發，他從1967年起被長期關押，受盡折磨和摧殘。1970年10月23日，年僅六十一歲的范長江在河南確山跳井自殺。八年以後（1978年）才獲得平反。

　　范長江的婚禮無疑是別開生面的，可他的人生卻是悲劇的。傅國湧先生在一篇題為〈范長江的悲劇〉的文章中寫到：「范長江，一個曾在新聞界光華四射的人物，他的悲劇命運只是整個時代悲劇的縮影。中國知識份子身上揮之不去的烏托邦情結，使他們極容易走向左翼，楊剛、蒲熙修、金仲華、鄧拓、姚溱、孟秋江……這是一串長長的名單，二十世紀六、七十年代，在他們以滿腔熱血呼喚的新中國，他們都以不同的方式選擇了自殺，世界新聞史上從來沒有出現過這樣悲慘的一幕。歷史嘲弄了他們，他們恐怕至死也想不明白，悲劇是怎樣發生的。其實，從范長江離開《大公報》的那一刻起，悲劇的帷幕就已拉開，一切都不可避免。跳井「自絕於人民」的范長江做夢也不會想到，若干年以後會出現一個「范長江新聞獎」，是哀榮、撫慰，還是別的什麼？不同的人們可以咂出不同的滋味。」確實，作為新聞工作者，范長江在《大公報》短短的四年間就取得了極為輝煌的成就。有人說，范長江在《大公報》四年間的成就超過了他此後所有成就的總和，此言不虛。范長江離開《大公報》，對《大公報》而言失去了一位有才華的記者，對范長江本人而言也失去一個極好的施展自己新聞才華的舞臺。建國後，范長江雖然做過很大的官兒，可是，像許多人一樣，做了官的范長江，文章就再也沒有此前那麼飛揚了。更可悲的是，很快他就不得不離開了他所深愛著的新聞事業，最後又不得不「自絕於人民」。現在，范長江這個名字正變得陌生，即便是新聞工作者，不少人也只知道「范長江新聞獎」，對包括他別開生面的婚禮在內的生平卻知之甚少（把他誤解成一個小品演員雖是個極端的例子，但卻能說明問題），更遑論對他的人生道路進行反思了，這不能不說也是一個悲劇。

前

事今識

中國近現代的新聞往事

第九章

失蹤的儲安平

検索百年來中國新聞史上的名人，我的心中常常湧上莫名的悲傷。其一，在中國百餘年多災多難的歷史中，優秀的新聞人一直站在時代的前沿，為國家的進步和人民的幸福奔走呼號，他們艱苦卓絕的努力，提升了中國的新聞事業的高度，也為今人留下一筆又一筆寶貴的精神財富；其二，許多優秀新聞人物的命運都具有悲劇色彩，他們就像普羅米修士，歷盡千難萬險盜來了「火種」，可自己卻要承擔苦難；其三，時間好像特別無情，對這些人物——他們的文章領一代風騷，他們的人生也像文章一樣，激情四溢，神采飛揚，他們的思想至今仍需後人仰望——好多已經不為今人所熟知了。歷史對新聞人的撥弄實在是太殘酷了點；遺忘，對今人來說也實在是太容易了點；借鑒與反思，因此也就太艱難了點。

但是，我相信，我們不該因為現實的浮躁與喧譁就忽略了歷史的那份凝重與滄桑。新聞前輩們激揚的文字一直在歷史的縫隙中熠熠發光，他們飛揚而悲壯的人生仍然會給我們以精神的營養和前進的力量。

儲安平就是這眾多新聞前輩中有代表性的一位。在二十世紀四十年代，他主編的《觀察》週刊赫赫有名。建國後，他以民主黨派人士的身份任《光明日報》總編，1957年，他被「陽謀」「引蛇出洞」，發表了著名的「黨天下」的發言，之後被打成「大右派」，隨後，在文革中被揪鬥，被毆打，直至活不見人死不見屍地「失蹤」。從某種意義上講，百餘年的中國新聞史可以說是優秀新聞人受迫害的歷史，為了恪守新聞的職業精神，許

多優秀的新聞人遭到了不同程度的迫害，他們有的死在軍閥的槍下（如邵飄萍），有的被國民黨暗殺（如史量才），有的在文革「浩劫」中自殺（如范長江），但是，他們畢竟還有屍體，有的還有過隆重的葬禮。可是，儲安平卻什麼都沒有，直到今天，人們都不知道他是在具體的什麼時間什麼地點死去的。因為種種原因，這位在中國新聞史和出版史上絕對應該佔有一席之地的人物長期湮沒無聞。天下之大，竟無儲安平的安身之所，哪怕只是一塊三尺墓地！這是怎樣的悲哀呀。

儲安平1909年出生在江蘇宜興，1932年畢業於上海光華大學新聞系，在大學期間，他受胡適、徐志摩等人的影響，傾心於歐美文明。他也像現在的大學生一樣，為出國留學做著物質上和精神上的準備。不過，他同時還不斷為《申報》、《大公報》寫稿。那時，中國的政局就已經成了他關注的一個熱點了。大學還沒有畢業，他就為新月書店編了一本政論書籍：《中國問題與各家論見》。這本書收入了陳獨秀、羅隆基、王造時、梁漱溟等二十多位學界名流各執一詞的政論。更稱奇的是，他竟敢以名不見經傳的「小青年」的身份為這本彙集了諸多名流文章的書作序，而且「口氣」還不小：「編這本小書的用意，在乎使每一個人，能從這一集子裏，知道目下中國一般人，他們所主張的是什麼，他們所要求的是什麼；並且，政府當局能否滿足一般國民所要求的，能否尊重一般國民所主張的？……一般小百姓在啞著喉嚨喊取消一黨專政，少數在野元老或政客在通電主張國事公諸國人，若干在朝要人也說『我們贊成取消一黨專政』，『我們正在取消一黨專政』，然而言論不自由如故，集會不自由如故，民眾運動之被壓迫也如故……這集子的編印，正給國民對政府的功效進行監督的一份帳本，同時也給政權當道以俯察民意的一份參考。」

大學畢業後，他到了南京，為國民黨《中央日報》編副刊，編副刊的同時，還在南京戲劇學校任課，往來於曹禺、夏衍、馬彥祥等左傾人士中間。1936年他考入英國倫敦大學政治系，出國

留學。抗戰爆發後，他於1938年提前回國，出任過復旦大學教授、中央政治大學研究員、國立師範學院教授和多家報紙主筆和編輯等職務。他新聞事業的輝煌是在主編《觀察》週刊期間。

1946年，抗日戰爭勝利後，國內矛盾日益突出，《觀察》雜誌就是在這個時候誕生了。《觀察》是同人刊物，資金靠股東入股來籌集，有些作者和工作人員也是股東，股東每年分紅，還贈送一些股份給對刊物有較大貢獻的工作人員，很有一點現代企業的味道。《觀察》的定位是一份學者刊物，即學者辦刊、學者入股、學者撰稿。儲安平所以要辦這樣的刊物，是基於以下判斷：其一，國內擁有極廣大的一群自由思想的學人，他們可以說話，需要說話，應當說話。其二，中國的知識份子絕大部分都是自由主義思想分子，超然於黨爭之外的，只要刊物確是無黨無派，說話公平，水準尤高，內容充實，則刊物當可獲得眾多的讀者。

《觀察》週刊於1946年9月1日在上海創刊，發刊詞中這樣寫道：「《觀察》的存在是希望為自由知識份子提供一個暢所欲言、自由評論國事的講臺。它遵循客觀、公正的原則，以言論政，試圖靠言論的力量影響政府的決策並以此喚起社會良知。」在創刊號上，儲安平發表了闡述辦刊宗旨的文章〈我們的志趣和態度〉。在這篇文章中，儲安平寫道：「我們辦這個刊物的第一個企圖，是要對國事發表意見。意見在性質上無論是消極的批評或積極的建議，其動機無不出於至誠。這個刊物確是個發表政論的刊物，然而絕不是一個政治鬥爭的刊物。我們除了大體上代表一股自由思想分子，並替善良的廣大人民說話外，我們背後另無任何組織。我們對於政府，執政黨，反對黨，都將作毫無偏袒的評論……我們希望各方面都能在民主的原則和寬容的精神下，力求彼此的瞭解。」梁厚甫先生曾對當時的文人辦報做過如下評價：「文人報國有心，回天無計，寄希望於白紙黑字，把內心告訴人家，其內心是還其誼不謀其利，明其道不謀其功。」這段話用在儲安平辦《觀察》週刊上是完全適用的。

儲安平在主持《觀察》週刊時期，寫下很多政論文章。對於當時的國內局面，儲安平以「一場爛污」來概括，他認為是國民黨的腐敗造成了政局混亂，國衰民弱。在〈失敗的統治〉一文中，他力陳二十年來國民黨統治下的腐敗，大聲疾呼：要挽回頹局，必須改變作風，換條路走，下大決心，大刀闊斧做幾件利國利民的大事，以振人心。國民黨上海市政府以攤販有礙觀瞻，妨害交通為由要對之予以取締。儲安平針對此事在《觀察》第一卷第十六期上發表了題為〈論上海民亂〉的評論，他同情經濟蕭條中攤販們的處境，尖銳地提出：「人人需要和平而內戰烽火遍地，一切人力、財力都用以維護少數人的利益，竟將大多數人民的死活置之不顧。」

1946-1948年間，國統區不斷發生學潮，學生提出的口號是「反饑餓，反內戰」。儲安平在《觀察》週刊上全面報導了學生運動，他還撰文表示同情學生運動。他在〈大局浮動　學潮如火〉一文中寫道：「學生挺身而出，對國家表示一種抗議，實亦為他們在這個時代中所應肩負的責任，他們所以能肩負這個責任，一方面因為青年都懷有理想，都追求光明，都有一種不平則鳴的性格，一方面亦因他們幸而能有一種組織，在集體中表現其意志。」「每當我們目擊青年學生遊行示威時，無不衷心激動，熱淚盈眶，這些學生不幸而生在這樣一個腐敗黑暗的國家，竟使他們不能安心在校讀書，冒暴雨和烈日，自清晨至深夜，聲嘶力竭，奔走終日，不顧疲勞與饑餓，憑一腔熱血以尋覓國家的光明。我們生在這樣一個黑暗腐敗的國家內，亦何幸尚有這一批熱血青年，能責無旁貸地起來呼喚我們國家的靈魂。」儲安平還認為，學潮完全是國民黨政府逼出來的，學生的行動絕對是純潔的而非卑鄙的，他們的行動絕對是勇敢的而非怯懦的，並一針見血地指出：「要使社會安寧，先要使人心能平。要使人心能平，當局要拿出良心和辦法來。」

由於能頂住國民黨政府的壓力，客觀公正地報導和評論時政，《觀察》的發行量與日俱增，最高的發行量達到十萬多份，在昆明、重慶、西安、臺灣等許多地方都有航空版。

《觀察》週刊自1946年9月1日創刊至1948年12月25日被國民黨政府查封停刊，共維持了不到三年的時間，但作為一本自由知識份子的刊物，它所產生的影響卻是巨大的，《觀察》的撰稿人中幾乎囊括了當年人文學冠裏的所有精英，胡適、梁實秋、傅斯年、曹禺、張東蓀、費孝通、馬寅初、王芸生、陳衡哲、錢端升、蕭乾、錢鍾書、楊絳、季羨林……都位列其中。

1949年11月，新中國成立之後，《觀察》復刊，改名為《新觀察》，仍由儲安平任主編，他在復刊詞中寫道：「我們的生命、我們的思想、我們的感情，都跨進了一個嶄新的境界。」「由於中國有了一個有紀律的、有馬恩列斯的理論武裝的、採取自我批評方法的、聯繫人民群眾的中國共產黨，使一切在懷疑中的、苦悶中的、彷徨中的知識份子終於找到了一條新的正確的道路。」由此可見，儲安平對新政權是充滿了真誠的合作之心的。可惜，後來的情況變了。

改名之後的《新觀察》，接受了黨的領導，辦刊宗旨和思路已經和從前大相徑庭。苦悶之下的儲安平很快就離開了《新觀察》。他先被任命為新華書店總店副總經理，隨後又於1952年被改任為中央出版總署發行局副局長。這中間他還被安排以特派記者的身份去新疆進行了一次時間較長的採訪，寫下了一系列歌頌新中國新面貌的文章。

1957年4月1日，當上了《光明日報》總編輯的他又恢復了一位新聞人的激情，他在上任之初曾雄心勃勃地對《光明日報》的同仁說：「我到這裏來工作，李維漢部長支持我，黨是我的後臺。」在後來的編輯部大會上，他還一再重申：「李維漢部長曾對周揚部長說，以後若是有人批評儲安平先生，你要為他撐腰。」

他躊躇滿志地開始了改革，他廣泛地向知識界有名的專家學者約稿，鼓勵他們為《光明日報》的發展獻計獻策，還計畫為一些學者開闢專欄。他沒有想到，此刻，悲劇正在向他走來。

1957年4月30日，毛澤東主席召集民主黨派會議，號召「大鳴大放」，要黨外人士向黨提意見。儲安平受到了鼓舞，他派出大批記者，去全國各大城市，徵詢專家學者的意見，鼓勵他們「大鳴大放」。在他的鼓勵之下，《光明日報》連續以整版的篇幅發表了記者發自各地的採訪紀要：5月14日發自瀋陽的〈問題在於黨群關係不正常〉；5月17日發自武漢的〈武漢知識界談黨群關係問題〉；5月21日發自南京的〈揭露內部矛盾，改進黨群關係，幫助中共整風〉……直到6月1日，儲安平自己「放」出了著名的「黨天下」的言論並因此而獲罪。

那是統戰部召開的一次座談會，主題仍是「大鳴大放」，「向黨提意見」。儲安平精心地準備了自己的發言，他寫好了發言稿，還列印了出來，估算好了版面，並特別注上了「光明日報總編輯儲安平發言稿」、「希用原題、原文勿刪」等字樣。

他的發言確實起到了石破驚天的效果，會上博得一片喝彩，會下更盛傳不衰。據說，馬寅初當時就拍著儲安平的椅背，連聲說「very good，very good！」第二天，儲安平的發言見報，同時，中央人民廣播電臺全文廣播。他自己還很得意，對孩子們說：「來，聽聽，這是爸爸昨天在會上的發言。」他哪裏知道，毛澤東親自起草的那篇文章〈事情正在起變化〉已經在黨內幹部中發下半個月了，文中早已點明：「現在右派的進攻還沒有達到頂點，他們正在興高采烈。我們還要讓他們猖狂一個時期，讓他們走到頂點」——儲安平恰好中了「陽謀」，被「引蛇出洞」了。之後，儲安平「順理成章」地被打成了「大右派」。

在因言獲罪的中國知識份子當中，儲安平不是第一個，也不是最後一個。但是，他的這篇被1957年6月2日《人民日報》刊載

的發言確實堪稱奇文，事隔多年，我們不妨摘要欣賞一下。他在這篇題為〈向毛主席和周總理提些意見〉的發言中說——

「解放以後，知識份子都熱烈地擁護黨、接受黨的領導。但是這幾年來黨群關係不好，而且成為目前我國政治生活中急需調整的一個問題。這個問題的關鍵究竟何在？據我看來，關鍵在『黨天下』的這個思想問題上。我認為黨領導國家並不等於這個國家即為黨所有；大家擁護黨，但並沒忘了自己也還是國家的主人。政黨取得政權的主要目的是實現他的理想，推行他的政策。為了保證政策的貫徹，鞏固已得的政權，黨需要使自己經常保持強大，需要掌握國家機關中的某些樞紐，這一切都是很自然的。但是在全國範圍內，不論大小單位，甚至一個科一個組，都要安排一個黨員做頭兒，事無巨細，都要看黨員的顏色行事，都要黨員點了頭才算數，這樣的做法，是不是太過分了一點？……黨的理想偉大，政策正確，並不表示黨外人士就沒有自己的見解，沒有自尊心和對國家的責任感。這幾年來，很多黨員的才能和他所擔當的職務很不相稱。既沒有做好工作，使國家受到損害，又不能使人心服，加劇了黨群關係的緊張，但其過不在那些黨員，而在黨為什麼要把不相稱的黨員安置在各種崗位上。……我認為，這個『黨天下』的思想問題是一切宗派主義現象的最終根源，是黨和非黨之間矛盾的基本所在。今天宗派主義的突出；黨群關係的不好，是一個全國性的現象。共產黨是一個有高度組織紀律的黨，對於這樣一些全國性的缺點，和黨中央的領導有沒有關係？最近大家對小和尚提了不少意見，但對老和尚沒有人提意見。我現在想舉一件例子，向毛主席和周總理請教。解放以前，我們聽到毛主席倡議和黨外人士組織聯合政府。一九四九年開國以後，那時中央人民政府六個副主席中有三個黨外人士，四個副總理中有二個黨外人士，也還像個聯合政府的樣子。可是後來政府改組，中華人民共和國的副主席只有一位，原來中央人民政府的幾個非黨副主席，他們的椅子都搬到人大常委會去了。這且不說，

現在國務院的副總理有十二位之多，其中沒有一個非黨人士，是不是非黨人士中沒有一人可以坐此交椅，或者沒有一個人可以被培植來擔任這樣的職務？從團結黨外人士、團結全國的願望出發，考慮到國內和國際上的觀感，這樣的安排是不是還可以研究？……」

儲安平「黨天下」的發言引來了迅猛的批判，連他的長子儲望英都在6月29日的《文匯報》上發表公開信，批評他並宣佈和他脫離父子關係。在巨大的壓力面前，儲安平於1957年7月13日在第一屆全國人大第四次會議上做了〈向人民投降〉的發言，他說：「我6月1日在統戰部座談會上的發言及我在《光明日報》的工作，都犯了反黨反社會主義的嚴重錯誤。經過全國人民對我的批判，我現在認識到自己的錯誤，真心誠意地向全國人民低頭認罪。」

但是，此時「投降」已經於事無補了。1958年1月13日，第一屆全國人大召開第五次會議，決定取消儲安平第一屆人大代表的資格。1月18日至24日，九三學社第四屆中央委員會召開第三次全體會議，決定撤銷儲安平中央委員、中央宣傳部副部長的職務。從此，儲安平就在中國的政壇和新聞界、知識界消失了。

1966年，文化大革命一開始，儲安平又被揪了出來，成了批鬥、專政的對象。他飽受了紅衛兵的打罵和侮辱，被勒令每天打掃街道。1966年秋的一天，當他掃完街道回到家時，發現紅衛兵又來揪他去接受批鬥，他實在無法忍受了，翻牆出逃，最後跑到數十里外的西郊河自殺。但他沒有死成，被人救起後押回九三學社，被造反派看管了起來。看管了一段時間後，他又被放回了家。一天，女兒回家的時候，發現家裏的東西被翻得亂七八糟，而儲安平卻不見了。女兒四處去找，但都沒有找到。她意識到情況有些不妙，便找到九三學社向軍代表報告。儘管按當時的說法，儲安平已是一條「死狗」，但畢竟是在中央掛了號的人物，軍代表也不敢掉以輕心，就報告了中央文革和周恩來總理。周恩

來總理指示公安部門組織了一個專門的調查組，要求他們一定要找到儲安平的下落。調查組奉命在全國尋找了兩年，但一直沒有結果，事情也就不了了之了。

對於儲安平和他辦的《觀察》週刊，謝泳先生做過極為詳實的研究。針對儲安平，他寫下過這樣的話：「儲安平是執著的，對自由主義理想的不懈追求使他在不知不覺中把自己推上了歷史的最前沿，在1957年幾乎所有『右派』的言論中，儲安平的言論是最清醒、最深刻、最能看到問題根本所在的。這是他比他同時代的其他知識份子更為人尊敬的地方……」馮英子先生在〈回憶儲安平先生〉一文中這樣評價：「安平這個人，他受過英國教育……才氣縱橫而驕傲絕頂，萬事不肯下人，其實歸根結底他只是一個書生，當別人引蛇出洞時，他卻自投落網，竟以身殉，這不僅是知識份子的悲劇，也是中國的悲劇。」儲安平的「黨天下」言論究竟是他的「深刻」、「清醒」、「最為人尊敬的地方」，還是他一時的「書生」意氣從而「自投落網」？這實在是個見仁見智的問題。或許，二者原本就有邏輯上的一致性，恰恰是因為「深刻」、「清醒」，所以才更容易中「陽謀」，「自投落網」「竟以身殉」。這或許才是中國「知識份子的悲劇」、「中國的悲劇」的根本之所在。畢竟，再「深刻」、「清醒」，也是很難躲得過「陽謀」的。

前

事今識

中國近現代的新聞往事

第二輯

前塵今念

「助產婆」的辛勞、失落和收穫
——傳教士報刊在中國

一

　　1807年9月8日，經過近四個月的長途跋涉，一個叫馬禮遜的英國人以美國商人的身份來到了中國廣州。馬禮遜是一位著名的傳教士，他於1804年上書佈道會，要求派他到「困難最多」的中國傳教。教會接受了他的請求。在經過了三年的準備之後，他終於來到了中國。

　　當時的中國顯然不利於傳教。清朝嚴禁傳教士在中國活動，如果馬禮遜傳教士的身份被清廷識破，等待他的將是「殺無赦」。在這樣情形之下，馬禮遜十分小心，終日過著提心弔膽的生活，他足不出戶，異常刻苦地學習中文。只有到有月亮的晚上，才會在一兩位朋友的陪伴下到田野裏去散散步。為了便於和中國人打交道，他把指甲養得長長的，穿上中國長袍，背後還拖著一條長長的辮子。或許從那時起，傳教士就已意識到：要在中國傳播「上帝的福音」，要實現對中國和中國人的改造，首先就得改造自己，以適應中國的「特殊國情」。

　　經過兩三年的刻苦學習，馬禮遜熟練地掌握了中文，他不僅學會了粵語，而且還能操一口流利的中國官話，用中文閱讀和寫作亦不在話下，他開始翻譯《聖經》和編纂《華英詞典》。1813年，教會又派來另一位傳教士米憐協助馬禮遜。1815年8月5日，

兩人在麻六甲創辦了第一個中文近代報刊——《察世俗每月統計傳》。由此,這兩位傳教士和這份報刊的名字進入了中國報刊史;傳教士報刊與中國社會發生的諸多關聯也由此揭開了序幕。

《察世俗每月統計傳》是一份宗教刊物,宣稱「以闡發基督教義為根本要務」。它的內容首為宗教,次為倫理道德方面的說教,再次為科學知識。馬禮遜和米憐很清楚,要使廣大的中國讀者一下子接受基督教義是不可能的,所以他們採取了「舊瓶裝新酒」的辦法來宣傳宗教思想。用米憐的話來說就是:「對於這些對我們的主旨尚不能很好理解的人們,讓中國哲學家出來說話會收到好的效果。」於是,《察世俗每月統計傳》在封面上印有「子曰:多聞,擇其善者而從之」的句子;在內文中也大量引用「四書」、「五經」中的話來闡釋基督教義。出於同樣的考慮,馬禮遜、米憐給刊物起名也避開與基督教的關係,選擇了中國人更易於接受的「察世俗」的說法。對於刊名,他們這樣解釋——

> 無中生有者,乃神也。神乃一,自然而然。當始神創造天地人萬物,此乃根本之道理。……既然萬處萬人皆由神而原被造化,自然學者不可止察一所地方之各物,單問一種人之風俗,乃需勤問及萬世萬處之人,方可比較辨明是非真假矣。一種人全是,抑一種人全非,未之有也。似乎一所地方,未有各物皆頂好的,那處皆至臭的。論人論理,亦是一般。這處有人好歹智愚,那處亦然。所以要進學者,不可不察萬有,後辨明其是非矣。總無未察而能審明之理。所以學者要勤考察世俗人道,致可能分是非善惡也。①

在這段話中,傳教士勸勉中國人:只有考察「萬有」,「問及萬世萬處之人,方可比較辨明是非真假矣」。針對閉關鎖國的「大清帝國」,這樣的勸告是非常中肯的。可惜的是,當時能明白「外人」良苦用心的國人並不多。

值得一說的是，馬禮遜以旁觀者的姿態看到了中國古文的弱點。在翻譯《聖經》時，有人主張用古文，但馬禮遜堅持用當時最淺白的文字，他說：「中國有學問的人以為，凡可尊重的書籍，當以深奧的古文寫出，而不當以白話寫成，一如歐洲中古學者必用拉丁文一樣。朱子寫其理學，始create開生面，用語錄體。因為新的觀念的傳達，誠不如用淺白文字為宜，若採用深奧艱澀的文體翻譯《聖經》，以取悅於一般的學者，或以炫耀自己的文才，是無異於埃及的祭祀寫出的象形文字，除卻他們自己或少數人可會意之外，真是難索解人。……我寧願採用易認易解的通俗字，而捨棄深奧罕見的經典字；我寧願被人視為俚俗不雅，而不願令人難讀難解。」②這實在是開了個好頭。中國後來的報刊一直採用通俗曉暢的文體，馬禮遜等人功不可沒。

二

1822年，《察世俗每月統計傳》因米憐病重而停刊。曾協助米憐工作的另一位傳教士麥都思於1823年在巴達維亞（今雅加達）創辦了《特選撮要每月記傳》，這實際上是《察世俗每月統計傳》的續刊。1826年，《特選撮要每月記傳》停刊，到了1828年，傳教士紀德創辦了《天下新聞》，但也只維持一年就停刊了。直到1833年，普魯士傳教士郭士立創辦了《東西洋考每月統計傳》，傳教士報刊才迎來又一個階段——在中國本土上創刊刊物。

郭士立是普魯士人，1827年受荷蘭佈道會的派遣來東南亞傳教，1829年，他脫離荷蘭佈道會，轉而效力於倫敦佈道會。他於1831年進入中國廣州，對中國的沿海進行考察，搜集軍事、政治和經濟情報，所以，郭士立實際上是集傳教士、報人和間諜於一身的人物。當時，中國與西方之間的交往已經與馬禮遜來華

之時不可同日而語了。馬禮遜來華時，中英關係至少表面上還比較平靜。可自十九世紀二十年代起，隨著英國向中國鴉片走私的加劇，中國和西方（尤其是英國）之間的平靜關係被打破了。馬禮遜來華時，到中國廣州的外國商人本就不多，一到春天就離開了，到了十九世紀三十年代初，來廣州做生意的外國人有三百多，且長年住在廣州不走了！還有，在馬禮遜來華時，外國人在廣州除了經商基本沒有別的活動，可現在情況改變了：他們已經擁有了一處禮拜堂、三家印刷所和幾家福利院，1830年秋，英美傳教士還組成了「基督教聯合教會」，不久，在廣州的外國商人又成立了商會。這時，使清廷改變閉關鎖國的政策成了西方人迫切的要求。

跟馬禮遜一樣，為了便於和中國人接觸，郭士立用漢名，穿中國服裝，說漢語，還認一位郭姓華僑為義父。他的這些「歸化華人」之舉果然收到了效果——儘管當時清朝依然不允許傳教士在中國創辦報刊，但通過賄賂，郭士立得到了地方官員的默許，於1833年8月1日在廣州創辦了《東西洋考每月統計傳》。

《東西洋考每月統計傳》在形式上跟《察世俗每月統計傳》沒有區別，也是木板雕印，也是裝訂成冊，甚至封面的設計都差不多。但在內容上，《東西洋考每月統計傳》的宗教色彩並不濃重，它把更多的篇幅用來介紹西方先進的科學知識，策略地宣傳基督教和西方文明。對此，郭士立有從容的解釋和論述，他說——

當文明幾乎在地球各處取得迅速進步並超越無知與謬誤之時——即使排斥異見的印度人也已開始用他們自己的語言出版若干期刊——唯獨中國人卻一如既往，依然故我。雖然我們與他們長久交往，他們仍自稱為天下諸民族之首尊，並視所有其他民族為「蠻夷」。如此妄自尊大嚴重影響到廣州的外國居民的利益，以及他們與中國人的交往。

事今識
中國近現代的新聞往事

本月刊現由廣州與澳門的外國社會提供贊助，其出版是為了使中國人獲知我們的技藝、科學與準則。它將不談政治，避免就任何主題以尖銳言辭觸怒他們。可有較妙的方法表達，我們確實不是「蠻夷」，編者偏向用展示事實的手法，使中國人相信，他們仍有許多東西要學。又，獲悉外國人與地方當局關係的意義，編纂者已致力於贏得他們的友誼，並且希望最終取得成功。③

《東西洋考每月統計傳》從創刊起就連載麥都思撰寫的《東西史記和合》，東史就是中國的歷史，西史則為西洋各國的歷史，目的在於用歷史知識說明世界各民族「本源為一」，「血脈相同」，教育中國人應該「視萬國當一家」，不要與其他國家相隔絕。同時，它還開闢地理專欄，介紹東南亞、南亞、歐洲的地理知識，在科技方面則著重介紹西方最新的發明創造，如蒸汽機、輪船、火車等。

《東西洋考每月統計傳》在1834年5月休刊，次年2月復刊，此後於7月再度休刊。它的創刊號只有六百份，此後雖有增加，但影響一直較小。但是它的意義不能小視，它是中國領土上的第一份中文報刊，突破了清廷的「報禁」，為鴉片戰爭之後傳教士報刊在中國的發展壯大開闢了道路。

三

鴉片戰爭之後，「大清帝國」的國門被迫打開。1842年簽訂的《南京條約》開放了五處通商口岸，1844年簽訂的《中美望廈條約》和《中法黃埔條約》允許美國人和法國人在通商口岸設立教堂。突破「教禁」後，傳教士們並沒有立即辦報紙，而是忙於在各地建教堂、辦學校、開醫院。但是很快他們就發現，中

國幅員廣大，方言紛雜，口頭傳播「成本極高」，而中國的文字是統一，所以，只有利用報刊這一傳播手段，才能把「上帝的福音」傳到更遠的地方，傳給更多的人。從十九世紀五十年代起，傳教士紛紛創辦報刊。據統計，到1890年，中國共有報刊七十六家，其中「十之六系教會報」。在這些報紙中，有名的有《遐邇貫珍》、《中外新報》、《六合叢談》、《中外新聞七日錄》、《中國教會新報》、《中西聞見錄》等。

傳教士來華的使命當然是傳播基督教，但是，傳教士出版的報刊，除了宗教之外，還登載新聞、天文、地理、科技知識等內容。之所以出現這種傳教士報刊非宗教化的傾向，是有著深刻的社會原因的。

當時，儘管傳教士可以憑藉炮艦神威和不平等條約進入中國，但他們卻無法單純地依賴武力將基督教移植到中國百姓心中。中國人歷來抱有「敬鬼神而遠之」的態度，心中壓根就沒有「上帝」這回事，即便是燒香拜佛，採取的也是「無事不燒香，臨時抱佛腳」的實用主義姿態。這跟英美等國人人讀《聖經》，週週做禮拜的習俗大相徑庭。此外，傳教士是憑藉著不平等條約的庇護才得以在中國傳教的，洋教的傳播跟中國的戰敗緊密地聯繫在一起。中國人在內心深處對洋教是排斥的。各種因素集中在一起，使得基督教在中國的傳播十分困難。這困難大大地超過了傳教士最初的想像。當清廷允許傳教後，傳教士非常高興，說：「時候到了，現在是可以到中國的大街上，提高我們的嗓門大喊大叫的日子了。」然而實踐迅速地教育了他們。美國傳教士狄考文在山東傳教十餘年，收效甚微。他在寫給國內的信中說：「我們得花相當長的時間招攬聽眾。有一次，我花了好大的勁也沒有找到一個人聽講。……每到一個村子，我們的耳邊就充滿了『洋鬼子』的喊聲……我估計在近兩天至少從上萬人嘴中聽到這個詞。」④有的傳教士認為，直接對中國民眾傳教就像把種子撒到水裏一樣徒勞無益。在直接傳教收效甚微的情況下，他們發現

中國有重視文化教育的傳統。「中國人的最大特徵就是注重學問……他們的英雄人物不是武士，甚至也不是政治家，而是學者。」⑤傳教士認識到，要在中國打開傳教局面，必須採取傳播知識的方式，以此「引出」並「抬高」基督教的地位。

傳教士對西學的傳播，恰好順應了中國「師夷長技以制夷」的思潮。於是，兩者一拍即合：中國人不但不反對，甚至很歡迎外報介紹西學；傳教士看到中國人對西學的興趣如此濃厚，也自以為得計，認為這是他們「以學輔教」策略的初步勝利，甚至以為用不了多久，中國人就可以從西學轉到「西教」上來。於是，他們愈加偏重對西學的介紹。不少傳教士報刊逐漸演變成了綜合性時政刊物，其中最典型、影響最大的就是《萬國公報》。

《萬國公報》的前身是1868年創刊的《中國教會新報》。《中國教會新報》創刊時以宣傳基督教義和報導教會活動為主，讀者十分有限。後來主編林樂知調整編輯方針，淡化宗教色彩，擴充時政內容。到1874年8月，原來的刊名已經無法涵蓋所刊內容了，於是更名為《萬國公報》，並在扉頁印上一行說明：「本刊是為推廣與泰西各國有關的地理、歷史、文明、政治、宗教、科學、藝術、工業及一般進步知識的期刊。」此後，它就完全演變成了一份以傳播西學為主的綜合性時政刊物。這份雜誌除了向中國人介紹西方的科技知識外，還刊發了許多闡釋西方民主、自由等政治理念的文章，對三權分立和議會制度也進行了介紹。這對長期處在封建統治之下的中國人來說，不啻於送來自由、民主的火種。

四

在《中國教會新報》更名為《萬國公報》，由宗教報刊轉向非宗教報刊的過程中，基督教傳教士內部出現了意見分歧，發生了1877年在華基督教傳教士關於宗教報刊編輯方針的討論。

1877年5月10日至24日，來自十九個差會的一百四十二名基督教傳教士在上海召開了一次傳教士大會。大會對基督教傳教士在華的各項活動做了報導和討論。與會的絕大多數傳教士都認為在中國創辦報刊十分必要。爭論發生在要不要通過報刊向中國人傳播西學知識上。這個問題的實質是傳教士報刊的「定位問題」，即傳教士報刊到底是應該辦成宗教報刊還是綜合性的時政報刊？傳教士分成兩派，一派主張利用報刊向中國人傳播西學知識；另一派則表示反對。從這兩派的論爭中，我們可以看到當年傳教士對中國的深刻認識以及他們在傳教宗旨和傳教策略之間深深的困惑。

歸納起來，主張傳播西學的理由有三點：其一，中國人的頭腦裏不是一片空白，而是充滿了各種舊的知識和觀念。要使他們接受基督教，首先就要驅除他們頭腦中的這些舊觀念，而要達到這一目的的最好辦法就是傳播西學。目前的中國人不接受基督教，但他們不拒絕甚至還很願意接受西學，應利用這個機會，通過「以學輔教」的方式向他們慢慢地滲透基督教義，而不宜操之過急。其二，傳教士感到當時的中國已如巨人從睡夢中醒來一般，他們渴望學習西方先進文明的衝動不可遏止。在這種情況下，科學不成為宗教的夥伴，便會成為宗教最危險的敵人。因此，如果不由傳教士向中國傳播西學，如果不將西方科學納入到宗教的軌道上，科學最終將落到基督教敵人的手中，成為反宗教的武器。其三，中華民族並不是一個呆滯、理解能力差的民族，而是一個敏銳、好奇的民族，中國人自會用心地體察傳教士給他們提供的一切。在這樣的時候傳播西學知識，會和中國人建立起友好的感情，有利於下一步傳播宗教。

反對派的理由概括起來也有三點：其一，向中國人傳播世俗的科學知識是重要的，但「傳播福音」更重要，因為「科學是宗教的奴婢」。傳教士是受救世主的派遣來到中國的，來到這裏是為了拯救人類的靈魂，而不是為了傳播科學知識。一位傳教士

說：「我不反對向中國介紹世俗的科學知識，我只是反對傳教士去做這些事情，這方面的知識其他人會提供給他們的。」其二，他們認為「傳播福音」不必借助科學知識。一位傳教士說：「我堅信，單是福音本身就是上帝救靈的力量，只要我們忠誠地宣講福音，就能征服整個世界。」⑥其三，還有一些傳教士認為，出版宣傳西學知識的報刊與傳播福音之間相差太遠，「效率」太低，事倍功半。

這次論爭的結果是反對派的意見占了上風。結果非宗教報刊的出版在教會內部越來越得不到支持，人力、物力、財力等各方面都出現了困難，致使許多非宗教報刊不得不停刊，就連有名的《萬國公報》也在1883年8月停刊，直到1889年2月才得以復刊。

五

《萬國公報》是作為廣學會的機關報而復刊的。廣學會是由美國長老會傳教士韋廉臣於1887年在上海發起創辦的。它是由一批來自不同國家、不同差會而對中國問題有基本一致想法的傳教士組成的，所以，它不單純是一個宗教性團體，還代表著外人在華的經濟利益和政治訴求。

廣學會以推廣西學為宗旨，並以中國的士大夫階層為主要的宣傳對象。韋廉臣在創辦廣學會的計畫書中說：「我們對於中國的開放永遠不會感到滿意，直到我們能將中國人的頭腦也開放起來。他們反對西方的觀點、計畫以及商業、政治、宗教等各方面的活動，幾乎完全是由於無知……因此，消除這種無知，在人民各階層中推廣學識，就具有極端的重要性。」⑦同時他還認為，士大夫階層是「滿清帝國的靈魂和實際的統治者」，要影響整個中國，就必須從這些人入手，用書報來啟迪他們，指導他們，「就可以完全滲透到這個帝國，並且有效地改變中國的輿論和行

動。」英國傳教士李提摩太在接任廣學會督辦後，更加注重對中國「上等人」施加影響。他曾對中國文人和官員做過統計，得出的結論是，影響四萬「上等人」，就等於影響了中國三億多人。他聲稱：「要把這些人作為我們的學生，我們要把對中國最重要的知識系統地教給他們，直到教他們懂得有必要為他們苦難的國家採用更好的方法時為止。」⑧李提摩太是赫赫有名的傳教士，同治年間從倫敦到中國山西傳教。在傳教的過程中趕上山西大旱，他被災民的苦難生活深深震撼，認為必須輸入先進的科學知識，改進一般民眾的生活，然後才談得上宣傳教義。他的這份苦心當時不被教會理解，結果被排擠出教會。此後，他以獨立傳教士的身份頑強地進行救濟工作，在中國民間賑災、辦學、辦報、譯書，同時廣泛地與李鴻章、張之洞等洋務派官員交往，向中國提出政治、經濟、文化等各方面的改革主張。

和李提摩太最投機的是美國傳教士林樂知，他和有「中國報業之父」美譽的王韜是好朋友。林樂知從王韜那裏學習中國文化，而王韜則從林樂知那裏學到了西方的文明和辦報的經驗，所以，說中國人是從西方傳教士那裏學會辦報的並不為過，說傳教士報刊是中國報業的「助產婆」也十分貼切。林樂知是《萬國公報》的主編和主要撰稿人，他翻譯了許多歐美書籍，對中國社會有很深刻的認識，對中國的改革也提出過不少積極的建議。

另一位熱心中國維新事業的傳教士是美國的李佳白。他在山東傳教，能說華北各地的方言，還一度想參加中國的科舉考試。他對中國的改革前景持樂觀態度，說中國的幅員、氣候、人口、教育皆具備了第一等國家的條件，如果能順應文明潮流，其前景不可限量。

李提摩太、林樂知、李佳白等一大批遠見卓識的傳教士以復刊後的《萬國公報》為陣地，系統地表達了他們對中國社會的認識和對中國改革的建議，深遠地影響了中國的社會進程。

在甲午戰前，《萬國公報》對時政的評議主要集中在教育制度上，批評科舉取士，建議創辦新式學校。甲午戰後，《萬國公報》對中國時政的批評涉及政治、經濟、外交、教育等各個領域，強烈要求中國變法，發出了「不變法不能救中國」的警告。在李佳白看來，甲午之戰中國敗給日本，其實是閉關守舊敗給了救亡圖新。他說：「日本與中國，同處亞洲。往時，泰西各邦均以不平等之禮相待。日本深以為恥，痛改舊俗。近年頗能自拔，與歐美立約⋯⋯講求新法，知之明而處之當也。⋯⋯對鏡相照，中國毫無激發，何以安之若素也？」⑨林樂知的認識更為深刻，他認為：「中國缺憾之處，不在於跡象，而在於靈明；不在於物品之枯良，而在於人才之消長。」並「舉華人之積習痛切道之」：一曰「驕傲」。尊己輕人，對他國善政不屑一顧，以為戎狄而已，「中華不尚也」。二曰「愚蠢」。既不關心世界，安肯就學遠人？徒潛心於詩文，「識見終於不廣」。三曰「恇怯」。不知科學，惟尚迷信，久成怯弱之性，於人於物皆然。四曰「欺誑」。虛文應事，不知實事求是之道，祁天求福，妄聽妄信而已。五曰「暴虐」。官府腐敗，不問民間疾苦，重刑訊，草菅人命。六曰「貪私」。人各顧己，不顧國家，無論事之大小，經手先欲自肥。七曰「因循」。做任何事情，只知拘守舊章，不願因時變通。八曰「遊惰」。空費光陰，虛度日月。這八大積習，「其禍延於國是，其病先中於人心。」鑒於此，林樂知總結甲午戰敗的教訓，認為「非日本之能敗中國也，中國自敗也。」然後勸告中國變法：「世無亙古不能變之法，國無積弱不能強之勢⋯⋯今中國如欲變弱為強，先當變舊為新。」⑩

對於怎樣變法，傳教士提出了許多建議，包括派人出洋考察外國政治、創建新學、開設報館、開礦修路、政令劃一、改革政體等等，這些建議後來幾乎全部被康有為、梁啟超等維新派吸取。

傳教士畢竟來自先進的國度，又處在旁觀者的位置上，他們對大清帝國的批評和建議有許多真知灼見。正因如此，《萬國公報》對維新人士產生了深深的影響。康有為是《萬國公報》的熱心讀者，他還參加該報的徵文比賽，並獲得了六等獎。他後來給光緒皇帝提出的建議幾乎全部脫胎於《萬國公報》；梁啟超1896年編《西學書目表》時將《萬國公報》列為最佳書目之一；譚嗣同也對李提摩太、林樂知、李佳白等傳教士的觀點深表認同。維新變法前夕，《萬國公報》達到了它的鼎盛時期，發行四萬份，讀者遍及中國大部分地區，就連光緒皇帝都訂閱該報，可見它對中國政局影響之深。

李提摩太等人除撰文鼓吹變法外，還與康有為、梁啟超等維新派領袖交往，並贏得了進步官員和上層知識份子的尊重和欣賞。王韜盛讚《萬國公報》「有益於我國非淺鮮矣」；康有為在〈致李提摩太書〉上說他「於中國事一片熱心」。由此我們完全可以說，是這些傳教士和他們的報刊為中國的維新變法運動做了前期動員。先進的國人不僅從傳教士報刊上學到了啟蒙思想，而且還學會了辦報。就辦報而言，傳教士堪稱「送火者」，傳教士報刊堪稱國人辦報的「助產婆」。

六

需要說明的是，非宗教報刊的創辦並不代表著傳教士忘記了自己的身份。他們在報刊上傳播西學的根本目的還是為了傳教。在他們看來，中國一旦效仿西方進行改革，實行新政，就會產生一種親西方的態度，而這有利於基督教在中國的傳播。同時，他們在鼓吹變法時也一直強調，西教、西學、西政是三位一體的，西教是西學、西政的根本，中國要「採西學」、「行西政」，就必須「從西教」。

但是，維新人士並沒有接受傳教士的宗教宣傳，他們不相信基督教為西學、西政的根本。即便承認宗教的作用，維新派要在中國發揚的也是孔教，而非基督教。在接受了西學、西政之後，中國這頭睡獅逐漸甦醒了，維新人士以啟蒙者的姿態出現在中國的政治和思想文化舞臺上。這時，他們毫不猶豫地批評了傳教士關於西學、西政、西教三位一體的「謬說」，認為中國「政可變，學可變，而教不可變。」「強其國而四百兆黃種不懼為奴，保其教而三千年素王無憂墜地，是在善變，是在善不變。」所以，就傳播西學、西政而言，傳教士報刊在中國是成功的；可就傳播基督教本身而言，它又是失敗的。它的成功在策略上，它的失敗在目的上。傳教士報刊的悖論就在於：它喚醒了中國人的思想，可是醒過來的中國人並沒有投入到基督教的懷抱。

這便是「助產婆」的悲劇。「助產」成功之時便是新生兒不再依賴「助產婆」之日。不論「助產婆」如何辛勞，都無法取代母親在嬰兒心中的地位——嬰兒曾經與母親血肉相連，以後還要喝著母親的乳汁長大，成人後最想報答的也是自己的母親，而非「助產婆」。

但是，傳教士報刊在中國還是有收穫的。這收穫便是促成基督教在中國的合法化。傑出的傳教士以虔誠的勞作、不倦的熱誠、淵博的學識贏得了中國的尊重和教會的認可，在「人」的層面上他們是成功的。更重要的是，在促進中西方文化交流這一點上，他們所起的作用不該被遺忘。

注釋

① 陳玉申《晚清報業史》第4頁，山東畫報出版社2003年版。

② 轉引自張育仁《自由的歷險》第45頁，雲南人民出版社2002年版。

③ 方漢奇主編《中國新聞事業通史》第一卷第267頁，中國人民大學出版社1996年版。

④ 陳玉申《晚清報業史》第15頁，山東畫報出版社2003年版。

⑤ 顧長聲《傳教士與近代中國》第157頁，上海人民出版社1981年版。

⑥ 轉引自方漢奇主編《中國新聞事業通史》第一卷第346頁，中國人民大學出版社1996年版。

⑦ 轉引自陳玉申《晚清報業史》第21頁，山東畫報出版社2003年版。

⑧ 李提摩太《廣學會五十周年紀念特刊》第85頁。

⑨ 李佳白〈中國能化舊為新乃能以新存舊論〉，《萬國公報》第97冊，1897年2月。

⑩ 林樂知〈險語對上〉，《萬國公報》第82冊，1895年11月。

《申報》的改革

　　現在，「改革」這個詞就像當年的「革命」一樣，氾濫而可疑，背後的所指變得良莠不齊。報業也是如此。現在，幾乎沒有人否認報業改革的必要性和迫切性，但是，承認改革的合法地位並不等於自己就能以改革者的身份促進改革、推動改革。我們可以肯定，改革的阻力之一就在與誤把挪動幾個罈罈罐罐當分家，誤把小打小鬧的變化和心血來潮的小鬧劇當作改革之舉。竊以為，「改革」一詞的規格是比較高的，如果一點小打小鬧的變化就敢妄言「改革」，那可真有點誤將嫂子喊奶奶的尷尬——喊的人自以為自己吃了虧，而被喊的人卻不領情。

　　我們不妨看看報業史上真正的改革——儘管它離我們可能有點年代久遠，可是說不定就能啟發我們的思路。就從中國近代的第一張報紙——《申報》的改革說起吧。

一、《申報》的初期改革

　　《申報》是英國商人安納斯脫·美查（Ernest Major）和他的哥哥菲爾特利克·美查（Frederick Major）於清同治十一年（也就是1872年）三月二十三日在上海創辦的。美查兄弟是商人，他們所經營的江蘇藥水廠生意興隆，之後就「思改業」，將剩餘資金用來創辦了《申報》。在美查兄弟那裏，辦報顯然是經商行為的一種延伸，賺錢也就成了初期《申報》的第一目標。

在當時，中國的報紙有兩種，一種是外國傳教士們辦的宗教報紙，如《察世俗每月統計傳》，這樣的報紙主要是為了宣傳基督教，顯然不以牟利為目的；另一類是極純粹的商業報紙，如《香港船頭貨價紙》，上面刊載的全是商業行情，主要目的在於給自己的商業老闆做廣告，本身也不賺錢。那麼，在這樣的背景下，要辦一份單獨核算、自負盈虧的報紙，可行嗎？美查兄弟以自己的實踐做出了回答：可以。

現在回過頭去看，《申報》能在中國成功立足，開闢一個商業報紙的新時代，那顯然與它的改革舉措有著密不可分的關係。它成功地實施了本土化戰略。在當時，無論是傳教士辦的宗教報紙，還是外國商人辦的純粹的「商業紙」，都是外國人主持報館的經營和筆政。《申報》與它們不同，從一開始就由中國人主持筆政和經營報紙的發行、廣告業務。在甲午戰爭之前，中國人蔣芷湘、何桂笙、錢昕伯等先後擔任過主筆，趙逸如、席裕祺等則先後擔任過買辦。在報紙的編輯業務上，《申報》進行了如下改革——

其一，重視言論。當時的中文商業報紙，如《香港船頭貨價報》只刊登商業資訊，內容極為單一；後來的《上海新報》、《香港中外新報》等雖然內容較《香港船頭貨價報》完備許多，但仍然忽視言論。而《申報》恰好找準了這個空白點，大搞「差異化」競爭。它每期都有「論說一篇，置於首頁」。同時還強調言論「有繫乎國計民生」，「上關皇朝經濟之需，下知小民稼穡之苦」。在這樣的思想指導之下，《申報》在創刊之初發表了一些評論時務、為中國富國強兵獻計獻策和揭發「基層腐敗」的言論。這些言論使得它在眾多的商業報紙中顯得很有責任感，吸引了當時政界、知識界和下層百姓的注意力，擴大了報紙的銷路。

其二，重視刊發文藝作品，使文藝副刊成了報紙必備的一欄。當時的基督教報紙和商業報紙，只偶爾刊發一些舊體詩和寓言之類的「文學作品」，但內容大多是宣傳教義、勸人向善

的，文學價值不很高。《申報》看到了「文學副刊」在城市百姓消遣、欣賞以及撫慰他們情感、心靈等方面的重要作用，開設了「文藝」一欄，後又開始連載小說（在報紙上連載小說，《申報》是中國的第一家），一時間吸引不少讀者。需要說明的是，人們之所以把《申報》視為中國第一家近代報紙，與它重視言論和文藝作品是分不開的。一般認為，新聞、言論、文藝副刊和廣告是近代報紙的四大要素，而《申報》因完全具備了這四大要素，所以恰好開啟了我國報業發展史的一個新篇章。

其三，《申報》在新聞業務上也有重要的改進。當時的「社會新聞」用現在的話來說是「沒法看的」，因為內容多為道聽塗說，有的還是記者們「虛構」出來的「故事」，新聞性差得很。《申報》當時也不能免俗，這樣的「爛新聞」也刊發不少，但是，它已經開始注重反映現實生活了。它對百姓苦難和官員腐敗等敏感問題是會「時有作為」的，比較有名的當然就是「楊乃武與小白菜案」的報導了。楊乃武與小白菜的冤案當時震驚朝野，後世流傳甚廣，以致達到了婦孺皆知的地步。但是，好多人並不知道，這個案子最初就是由《申報》一層層地「挖」出來的。你想，現在的《南方都市報》因連續報導了孫志剛案就名聲大噪，而《申報》在那個時候就報導了楊乃武與小白菜案，取得的轟動效果就可想而知了。當然，案子太著名了，相比之下，報導案子的媒體和記者倒常常會被人們忽略。當年的楊乃武與小白菜案是這樣，如今的孫志剛案可能也是這樣。另外，《申報》在戰爭報導上也很有一套。1874年，日本侵略臺灣，《申報》派去了記者進行戰地採訪，寫出了相當生動的軍事通訊，在中國軍事新聞史上留下了寶貴的一筆。

其四，《申報》還善於把商業手段應用於報業競爭。當時，《申報》與《上海新報》是對手，兩者為爭奪報紙的發行量展開了激烈的競爭。除了改進報紙的內容外，《申報》還用現在看來有點不道德的手段打擊對手。《上海新報》當時每張售價三十

文,而《申報》則不惜暫時虧本,降價至每張八文。《上海新報》沒辦法,也只好跟著降價,可是因資金不夠雄厚,同時成本也較高,致使虧損太大,不得不於1872年末停刊。

其五,《申報》在報紙之外還經營其他文化產業。比如,1872年,它發行了文藝性月刊《瀛寰瑣記》,除了刊登詩歌、散文、小說等文學作品外,還介紹天文、地理等知識性小品和時事文論(如《富強論》、《論互市事宜》等)。此外它又創辦了另一份以「低端讀者」為主要受眾的《民報》,是「俾女流、童稚、販夫工匠輩,皆得隨時循覽,以擴知識,而增見聞」。1884年,申報館又創辦了我國第一個石印的著名畫報《點石齋畫報》,著名畫家吳友如擔任該畫報主編,該畫報專選擇新聞中可驚可喜之事繪製成圖,一問世就大受歡迎,加印多次。此外,申報館還創辦了申昌書局,以翻印舊書和出版新著。這家經營鉛印的書局和經營石印的點石齋書局一起,出版了許多珍貴的中國書籍,一些孤本和絕版名著由此得以傳世。當然,這些文化事業是在《申報》不斷盈利的條件下逐漸興辦起來的。這些事業的發展反過來又在經濟上支援、壯大了申報館。創辦《申報》的美查兄弟也由此成為中國近代有名的報業資本家。1889年,申報館改組為美查兄弟有限公司(Major Bros.Ltd.),成立董事會。他們兄弟二人收回原股本兩千股(約合白銀十萬兩),返回了英國。

二、史量才對《申報》的第一次改革

美查兄弟走後,《申報》幾易其主,但由於經營不善,沒有取得長足的發展。這種狀況直到1912年史量才接手《申報》才被改變。史量才對中國新聞事業向有不凡抱負,他認為「一國之興,文化實其基礎,而策進文化,以新聞為急先鋒。」1912年,

史量才從二夫人沈秋水那裏獲得鉅款並以十二萬元的價格買下了申報館。他接手時，《申報》的發行量只有七千份，可是，由於史量才的大力改革，到了1922年，《申報》的發行量增加到了十五萬份，成為一份著名大報，分印各大城市，到了抗戰時期還設有武漢版和香港版，影響所及，家喻戶曉。正是在史量才的手上，《申報》發展成了當時中國影響最大的報紙之一。民國年間許多著名報人，比如黃遠生、邵飄萍、戈公振、俞頌華等都先後在《申報》工作過。

史量才一直以治史的態度來對待新聞，力主新聞要為後世留下真實、可信的社會記錄，要把《申報》當作「史記」來辦。基於這種考慮，他像當時許多優秀的報人一樣，特別看重報紙的獨立精神，《申報》的宗旨明確宣告「無黨無偏、言論自由、為民喉舌」。他說：「國有國格，報有報格，人有人格」。同時宣稱經濟獨立，不接受任何政治勢力、軍閥的津貼，政治上自主，不聽命於任何一個政治集團，不受官方或軍閥操縱。為了捍衛新聞獨立和言論自由，他不惜以命相許。關於這一點，筆者在〈秋水長天祭量才〉一文中做過詳細描述，在此不再多說了。這裏要說的是，史量才在報業改革上同樣做出了卓越的貢獻，留下了許多可圈可點之處。

史量才對《申報》的大規模改革有兩次。第一次就是接手《申報》之初，這次改革是在經營層面圍繞著廣告、發行和設備更新進行的。廣告業務的大力擴展是史量才使《申報》起飛的第一步。民國之初，中國的工商還不發達，很多人對廣告在報刊中的重要性還缺乏足夠的認識，不但廣告數量少，而且編排製造也十分粗糙。史量才敏銳地意識到了廣告在未來報業競爭中的重要性，遂聘請善於經營的張竹平為經理，在報館內創設廣告推廣科，一改過去等廣告客戶上門變成現在派人主動招攬。另一方面，又改進廣告設計，代客戶繪製廣告，撰寫文字說明。這種積極主動的態度和做法受到了工商界的歡迎。《申報》的廣告紛至杳

來，由於廣告的增多，《申報》不得不一次次地擴版，由原來的三張半，擴到四張半、五張，節假日甚至要達到六、七張。

招攬大量廣告的同時，《申報》在提高發行量上所採取的措施也收到了很好的效果。民國時期的報紙競爭已經比較激烈了，《申報》的讀者主要是政界和知識份子，屬於「高端讀者」，而這些人在上海的數量畢竟有限。為了擴大發行量，《申報》在各地設立分館和分銷處，廣泛爭取機關團體和個人訂戶。當時已經有了火車，《申報》發行科充分利用這一條件，根據火車的時刻表精心設計郵政路線，發向外地的報紙先印刷，儘早捆齊送上火車，以保證臨近上海的幾個城市的讀者能讀到當天的《申報》。經過實實在在的努力，《申報》很快就在上海之外發展了一萬多訂戶，此後外地的訂戶一路上升，最後外地的發行量竟占到了總發行量的一半，即有了七、八萬外地訂戶。

在廣告和發行蒸蒸日上的情況下，《申報》在引進先進技術和設備方面也實現了「跨越式」發展。到1918年，史量才斥七十萬元鉅資建了高五層的申報大樓，1919年又向美國定購最新式的印刷機一台，每小時能出報三萬份，1922年再購兩台。與之匹配的是製銅版機、澆字機、打紙版機、鉛字銅模等新式設備和技術。這些無疑使《申報》在競爭中處於有利的位置。

在史量才接手《申報》的最初幾年，中國正處於軍閥混戰時期。為了避免在動盪的政局中遭受摧殘，史量才並不過多地介入政治鬥爭，對政治事件，多採取只報導不評論或者是多報導少評論的做法，不到萬不得已，不招惹政客、權貴和軍閥（中國的報人一直就有與人為善的傳統）。對於這段歷史，史量才在後來的〈申報發行二萬號紀念〉中說：「抑申報舟也，同人舟之執役也，風雨艱難，晨昏與共，幸無傾覆之虞，免罹滅頂之禍。」報業鉅子史量才當年尚有如此苦衷，由此可見，在中國辦報，歷來如履薄冰。中國報人生存環境之惡劣亦可見一斑。

三、史量才對《申報》的第二次改革

1929年，史量才收買了上海《新聞報》的大部分股份，想借此實現報業擴張，結果引發了有名的《新聞報》股權風波，國民黨當局插手此事，搞得史量才十分狼狽，最後不得不請杜月笙出馬才將風波漸漸地平息下來。

報業擴張計畫失敗後，《申報》內部又發生了骨幹出走事件，總主筆陳冷、經理張竹平、協理汪英賓等人相繼辭職。陳冷是《申報》的元老，1912年史量才接手《申報》時就任總主筆，在軍閥混戰的年代，陳冷靠他八面玲瓏、多方敷衍的評論為《申報》應付局面，維護穩定，可謂「沒有功勞也有苦勞」，但是，國民黨上臺後，他與史量才的政見不和，消沉了一、兩年後終於下決心離開《申報》，到江西經營煤礦去了；張竹平是《申報》的有功之臣。他1913年進《申報》任經理，在他的主持下，《申報》的廣告業務蒸蒸日上，發行量也與日俱增。但是，張竹平不滿足於長期寄人籬下，從1928年冬開始兼任上海《時事新報》的總經理，並經常將《申報》的廣告客戶介紹給《時事新報》，引起了史量才的不滿。最後，張竹平決定離開《申報》，另闢天地；汪英賓原是《申報》的一名普通的廣告員，因年輕有為，深得史量才的賞識，史量才提升他為廣告部主任，並派他到美國密蘇裏新聞學院深造。1924年，他學成歸國，為《申報》的發展獻計獻策，很有成績，史量才再次提拔他做協理。後來，汪英賓隨張竹平一起經營《時事新報》，史量才得知後找他談話，告訴他「魚與熊掌不可得兼」，要他自己決定去留，最後他跟隨張竹平離開了《申報》。

擴張事業受挫和幾位骨幹的離職給《申報》帶來了極大的困難。史量才畢竟是史量才，他沒有被困難壓垮，而是迎難而上，

尋求新的突破。他毅然決定由張蘊和繼任主筆，馬蔭良繼任經理，自己也改變了過去很少到報館的習慣，開始親躬館務。1931年1月，《申報》成立總經理處，統轄一切館務，史量才自任總經理兼總務部主任，馬蔭良副之，同時聘黃炎培為設計部主任，戈公振副之，陶行知為總管理處顧問。

陶行知是個進步的教育家，他辦曉莊師範學校，因容納了共產黨員而遭到了國民黨政府的通緝，不得不流亡日本。1929年，他潛回上海，因搞「科學下嫁」運動結識了史量才，兩人相見恨晚。陶行知任《申報》顧問後，每週都到史量才住宅一、兩次，與史量才交換對時局的看法，商談《申報》的改革方案。在陶的建議下，史量才決定改變《申報》言論不觸及時弊的保守態度。陶行知自己首先在《申報》上開了一個名為「不除庭草齋夫談薈」的專欄，以白話小品文的形式抨擊國民黨的各項政策。「九‧一八」事變後，他又為《申報》寫了許多重要的時評。

新人員的任用和新機構的成立為《申報》改革作了必要的準備，而「九‧一八」事變的發生，則為《申報》的再次改革提供了契機。

1931年的「九‧一八」事變震動了全中國，全國各界掀起了抗日救亡的新高潮。此事對史量才和《申報》的觸動也很大，《申報》由此一改過去比較保守謹慎的態度，轉而積極要求抗日和民主。平時慎於言行的史量才這時也積極投身抗日救亡的社會活動，他參加了「上海抗日救國委員會」並被選為委員。到了1932年的「淞滬抗戰」時，史量才儼然成了民間抗日組織的領導人物。早在1932年1月中旬，史量才就覺察到了日軍要進攻上海，他約集工商文化界的二十多人發起成立了「壬申俱樂部」，商議抗戰對策。1月28日戰爭打響後，「壬申俱樂部」發起了更大規模的集會，成立了「上海市民地方維持會」，史量才被選為會長。這個由上海工商文化界頭面人物參加的團體，廣泛開展慰

勞軍隊、救援難民、調度資金、維持商業、聯絡軍民等活動，為淞滬抗戰做出了積極的貢獻。

在輿論上，《申報》積極支持十九路軍的抗戰行動。戰事一爆發，《申報》就旗幟鮮明地發表了題為〈敬告國民〉的時評，指出「上海之戰不是上海之戰，而是全民族生死之戰」，號召上海市民「認定十九路軍是國民的軍隊，對它負起責任來，供給它軍械、藥品、糧食及一切物質上之需要」。2月15日，《申報》發表了上海地方市民維持會七十六位知名人士簽名發起的「募集救國捐啟」，發動各界為十九路軍籌集軍餉。這一倡議得到了國內外愛國人士的熱烈回應，上海市民踴躍捐款，海外華僑也匯來鉅款。

淞滬抗戰之後，《申報》的改革層層推進，繼續深化。這一階段，《申報》在業務上的改革主要體現在以下幾個方面——

首先是言論的變化。改革之前的《申報》評論常被人譏諷為「太上感應篇」，不敢對現實的問題發表一針見血的批評，只能就一些遠離時事的格言發表點議論；改革後的評論則尖銳潑辣。在「九‧一八」事變之後，《申報》的時評往往能抓住時局的結症，或抨擊國民黨政府的不抵抗政策，或揭露日本侵略者的野心，或支持學生的愛國運動，或要求自由與民主，常常是言別人所不敢言，因此深得讀者的喜歡。

其次是創辦了眾多有特點的專刊、副刊。從1932年12月到1934年4月，改革中的「申報」創辦、改版的專刊、副刊有「業務週刊」、「婦女園地」、「經濟專刊」、「自由談」、「春秋」等十個。這些新增設的專刊、副刊，邀請進步人士主編，辦得有聲有色，產生了極大的社會影響。比如「婦女園地」的主編沈茲九就很了不起。她編「婦女園地」，以做「婦女進步的良師益友」為宗旨，不只是簡單地反映婦女追求婚姻自由、男女平等的要求，而且還組織探討如何實現「婚姻自由」和「男女平等」，探討怎樣把婦女從政治的、經濟的、社會的各種束縛中解

放出來。這個專刊吸引了一大批讀者，在此基礎上，沈茲九後來又創辦了著名的《婦女雜誌》。《申報》實行的新聞之外辦專刊、副刊的做法，開啟了中國報紙雜誌化的潮流，開闢了報紙「新聞＋專刊」的模式。這一思路，直到現在還被許多報紙沿用。

其三是加強了與讀者的聯繫，創設了「申報讀者通訊」。根據陶行知的建議，《申報》在1931年9月1日的本埠新聞版上刊出了〈申報讀者通訊簡章〉，簡章稱「根據服務社會的精神」，申報願作讀者的顧問，與讀者商榷「若干切身問題」。簡章上首先開列的是求學、職業、婚姻三項議題。簡章發表後，反響強烈，短短的四個月間，收到讀者來信一千四百多封，「讀者通訊」欄摘要發表讀者來信，同讀者探討人生。「九‧一八」事變後，這個專欄轉向討論抗日救國、民主政治，實際上成了進步青年呼籲民主抗戰的一個視窗。

當然，《申報》改革中最引人注目、社會影響最大、最被人們津津樂道的要數副刊「自由談」的改版了。「自由談」是《申報》有名的副刊，創刊於1911年，歷史悠長。它一直是鴛鴦蝴蝶派文人的主要陣地，二十多年來刊登過大量的言情小說和遊戲文章，在上海市民中曾有較好的影響，甚至還一度帶動了《申報》發行量的上升。但是，到了「九‧一八」事變之後，鴛鴦蝴蝶派文學與《申報》的進步傾向和民主抗戰的要求不相稱。在全國人民抗日救亡的呼聲中，鴛鴦蝴蝶派文學很難為《申報》贏得更多的讀者。史量才痛下決心，改革「自由談」，撤換任了「自由談」十二年的主編、鴛鴦蝴蝶派作家周瘦鵑（後讓他主編「春秋」），啟用了二十八歲的青年編輯黎烈文。當時，黎烈文剛從法國留學歸來，有比較強烈的民主思想和進步的文學主張。他接任時，「自由談」正連載著張資平的蝴蝶鴛鴦派小說，他上來就把這個連載給停了，這就是文壇上有名的「腰斬張資平案」。與此同時，他宣佈自己的編輯方針，要將「自由談」辦成「一種站

在時代前列的副刊，絕不敢以『茶餘酒後消遣之資』的『報屁股』自限。」改版後的「自由談」沒了鴛鴦蝴蝶派的文章，取而代之的是思想性強、藝術性高的雜文、隨筆。此後，《申報》副刊「自由談」發表了魯迅、茅盾、巴金、老舍、郁達夫等進步作家的大量雜文和散文，成了著名的「民國四大副刊」之一。其中，僅魯迅在「自由談」上發表的雜文就有一百四十多篇，後結集成《偽自由書》、《准風月談》、《花邊文學》等雜文集。黎烈文主持「自由談」副刊僅有一年半的時間，國民黨當局便視「自由談」為眼中釘，多次給史量才施加壓力，要史量才換掉黎烈文。史量才說：「《申報》是我個人產業，用人的事不勞外人操心。」可是，為了不連累史量才，黎烈文還是在1934年5月主動辭職了。即便如此，「自由談」仍然在雜文的發展史上具有里程碑的意義。

「九·一八」事變後的改革舉措緊跟時代步伐，使《申報》煥發了新的生機，申報館的文化事業也相應地得到了較快的發展。按照史量才、陶行知等人預定的改革計畫，從1932年7月到1933年12月，《申報》先後創辦了月刊、年鑑、圖書館、補習學校、新聞函授學校等一系列文化事業。

1932年7月15日，《申報》月刊創刊。這是一份綜合性刊物，集政治、經濟、文藝、科學諸內容於一爐。主編俞頌華是一位有名的新聞人，他曾任《時事新報》副刊「學燈」主編、《東方雜誌》編輯。1920年以北平《晨報》記者的身份同瞿秋白一同訪問蘇聯。他同文化界聯繫密切，一批知名的作家、經濟學者、科學家紛紛為《申報月刊》撰稿，《申報月刊》很快就成為二十世紀三十年代富有影響的雜誌。

1933年4月，《申報年鑑（1932年）》出版發行，這是我國編制的最早的年鑑之一。《年鑑》由三十多位專家編制了七個多月，共一百八十萬字，重要的統計資料七百多種。這份年鑑充分

地體現了史量才以治史的態度辦報的思想，為後世留下了一份珍貴的歷史記錄。

1932年12月，申報圖書館正式對外開放。圖書館藏書一萬兩千冊，免費為下層店員、工人、學徒服務。同時還設立「讀書指導部」，為讀者提供讀書指導，擔任讀書指導的有李公樸、艾思奇等人。

1933年1至3月，《申報》還創辦了「申報新聞函授學校」、「申報業餘補習學校」，吸引了一批文化低的在業青年或失業青年進校學習。

依靠報紙辦起文化事業，反過來又通過文化事業提高報紙的聲譽和影響，申報館由此進入了一個良性循環的發展軌道。

對此，錢伯涵先生曾指出：「近代報紙的職責，不僅在向大眾提供資訊而已，對於社會還要做一種服務的工作。這種社會服務工作，一方面在顯揚報紙的特點，一方面也在替報紙本身做宣傳，因之這發揚報紙特徵的社會服務工作，實際上便是增進銷路的一種方法。」

對於改革之後各項事業的欣欣向榮，史量才自己也很滿意，他說：「理想之實現，已開其端，固足自相慰藉。」

淞滬抗戰之後的史量才確實是有理由「慰藉」的。《申報》改革的成功使他成了新聞界的巨頭，他與人合辦中南銀行的成功，又使他成為金融界的頭面人物；在史量才的身上，體現著輿論和金融結合的力量。因在淞滬抗戰中有出色表現和《申報》創辦的一系列有利於世道人心的文化事業，史量才在民間的影響也越來越大，上海地方市民維持會解散後，他又被推選為「上海地方協會」會長，還被指定為上海市參議會議長。

作為「上海賢達」，史量才巨大的社會影響力讓蔣介石國民黨很「頭疼」。蔣介石對他又拉又壓，軟硬兼施。先是1931年11月，蔣介石邀請他去南京，諮詢「抗戰意見」，緊接著就授予史量才十幾個公職頭銜，企圖拉攏史量才。拉攏不成，就對《申

報》實施停郵的「制裁」。接著又要求史量才撤換陶行知、黃炎培等進步人士，接受「派員」（國民黨中宣部要派官員到《申報》「指導」編輯工作），實行打壓。

拉攏和打壓都不能使史量才屈服。蔣介石就只剩下最卑鄙的一手——暗殺了。就這樣，在各項事業如日中天的時候，史量才的生命卻被突然終止。

史量才被暗殺的消息傳出，輿論譁然。對史量才的悼念變成了對國民黨白色恐怖的抗議。葬禮異常隆重，上海兩千多社會名流出席，國民黨上海市政府不得不降下半旗致哀。

《申報》在中國大陸存在了七十七年（1872-1949年），是迄今中國「壽命」最長的報紙。作為一份民營報紙，能做到這一點是十分不容易的。美查兄弟對《申報》的改革不可謂不成功，但是，隨著時代的發展，第一次改革的成果和潛能還是不可避免地被耗盡了；史量才接手《申報》之初在經營層面上的改革卓有成效，但是，到抗戰的時候，他還是要在編輯業務上做重大改革；《申報》副刊「自由談」上的鴛鴦蝴蝶派小說在軍閥混戰之時也一度引領「潮流」，可是，到了抗日救亡成為時代「主旋律」的時候，鴛鴦蝴蝶派就得讓位給能帶著讀者「殺出一條血路」的雜文了。由此，我們似乎可以得出這樣的結論：《申報》的長壽不是沒來由的。它的幾次成功的改革就是它長壽的一個重要原因。而且，我們從中還可以得出這樣的結論：再成功的改革，也不可能一勞永逸。改革不是一件可以一蹴而就的事，它是一個長期的過程，它不僅需要一次次地挑戰傳統、挑戰他人，而且有時更需要不斷地挑戰現實、挑戰自我。發展是改革的動力，進步是改革追求的目標，創新是改革的精神本質，而緊跟時代，與時俱進，則是改革的基礎和取得成功的關鍵所在。

前

事今識

第三章

「孤島」上的抗日報刊

　　在中國現代史上，「孤島」是個特定的名詞，它指的是從淞滬會戰後淪陷（1937年11月12日）到太平洋戰爭爆發（1941年12月8日）期間的上海租界。在這個階段，一方面，上海已經淪陷於日軍之手；另一方面，上海租界地區因受英、美等國家的管轄而不受日軍的直接控制。租界像大海中的「孤島」，儘管危機四伏，但在一定程度上還是愛國人士的避風港，在「孤島」上，抗日宣傳活動還可以有聲有色地開展。

　　1937年7月7日盧溝橋事變，中日戰爭全面爆發。事發之後，英、美、法等西方國家為了避免與日本發生直接衝突，以「中立」作為其遠東政策的基本原則。淞滬會戰之後，上海淪陷，上海租界成了「孤島」。此時，英、美、法等國的租界也以「中立」態度應對時局變化。一方面，租界當局不想得罪日軍，警告租界內的中國報刊不得使用過激字眼，不能以「敵」、「敵軍」來稱呼日軍；另一方面，租界也對包括中國人在內的各國報人創辦的新聞事業予以切實地保護，不容許日軍干預租界內的新聞事務。鑒於此，中國共產黨及其他愛國力量在1938年初創辦了一批「洋旗報」，使租界的抗日報刊出現了大發展的局面。其中最有名的報刊就是《每日譯報》和《文匯報》。

　　《每日譯報》的前身是《譯報》。當時的上海租界有許多外文報刊，在這些報刊上，有關中國抗戰的消息、評論很翔實。中國共產黨上海地下組織利用了這一有利條件，於1937年12月9日創辦了《譯報》。《譯報》將外文報刊上有利於中國抗戰的消息翻譯過來，向人們報導抗日戰爭的進展，宣傳持久抗戰的主

張。但是，《譯報》因其抗日鋒芒太露，很快引起了日軍和租界當局的不滿，僅出十二期就被取締了。《譯報》被取締後，中國共產黨又於1938年1月21日創辦了《每日譯報》。吸取《譯報》的教訓，《每日譯報》名義上改由在香港註冊的英國商人、中華大學圖書公司主持人孫特斯·裴（J.A.E.Sanders）、拿門·鮑納（N.E.Bonner）兩人出面發行，實際上是中國共產黨江蘇省委的機關報。為了迷惑日軍，《每日譯報》的創刊號上還特意宣稱：「一張好的新聞紙，應該使人發生好奇的心理──對於別人所想的和所做的事，發生好奇的心理。一般的來說，這就是《每日譯報》主要的宗旨。除了提供當天新聞中一種正確而且及時的精粹外，我們還應先譯述各國報紙中的權威作品，尤注意有關中國和遠東的事情。我們對於所提供的題材，毫無特殊的偏見，更無偏重的成見。我們儘量地大公無私地來選擇。」

在實際操作中，《每日譯報》以中國共產黨的民族統一戰線政策和全民持久抗戰的主張作為自己報導的主要內容，對毛澤東、朱德、周恩來等中共領導人的演講、文章以及黨的重要文件都進行刊登。從1938年8月23日起，《每日譯報》開始連載毛澤東的〈論持久戰〉，共連載了12天。1938年11月27日，它又以「轉譯」的形式刊發了中共中央六屆六中全會的〈告全國同胞書〉。通過刊發這些重要的文件，《每日譯報》將中國共產黨的聲音傳到了上海租界，給身陷「孤島」的人們帶去了思想的曙光。

與此同時，抨擊漢奸投降活動，揭露日軍侵華暴行也是《每日譯報》報導的重要內容。早在汪精衛公開叛國之前，《每日譯報》就於1938年10月12日發表社論，批評汪精衛對外聲稱「中國未關閉調停之門」的做法，指出這種妥協言論的危害性在於鬆懈中國人民的抗日鬥志，好讓日本侵略者從容消化已得贓物，而後一舉滅亡中國。汪精衛公開投敵之後，《每日譯報》組織了大量聲討稿件，發動了「討汪攻勢」。1938年6月15日，《每日譯

報》譯載國聯鴉片問題會上美國代表的發言，披露日本從伊朗收購四十六萬磅鴉片運至中國淪陷區的罪惡行徑；9月3日，又發表社論，呼籲制裁日軍在華使用毒氣的醜行；1939年3月10日，又譯載美聯社消息，曝光日軍護送三千七百箱波斯鴉片至上海滬西區的事實。

《每日譯報》還多次發起與組織抗戰支前、捐獻活動。1938年7月，在「孤島」首創節約救難捐款活動，得到了廣大市民的熱烈響應，三個月內收到捐款一萬六千元；1939年1月，又組織新年獻金捐款活動，通過各種形式募得大筆錢款和物資，組織了兩批上海民眾前往皖南慰勞新四軍。

在《每日譯報》創刊後第五天，即1938年1月25日，嚴寶禮等留居「孤島」的愛國人士集資創辦了《文匯報》。這張報紙仍以英商報的面目出版，名義上由英國人克明（H.M.Cumine）擔任董事長兼主筆，實際上主持報務的是嚴寶禮。胡惠生、徐鑄成等先後主持編輯工作。《文匯報》堅持民族大義、堅持抗日宣傳，大力報導中國軍民的抗戰業績。創刊號就在頭版頭條報導了中國軍隊在津浦線上包圍了山東日軍的消息。在整個台兒莊戰役期間，《文匯報》從1938年3月19日至4月10日的23天中有二十二天在頭版頭條報導中國軍隊的輝煌戰績。

除報導正面戰場的戰果外，《文匯報》對八路軍、新四軍的敵後戰場也給予極大的關注。它創刊第三天就報導了八路軍挺進平綏、平漢、正太鐵路三角地區開闢敵後抗日根據地的戰績；1938年3月15日，《文匯報》發表社論〈西北大戰的展望〉，對八路軍和陝甘寧邊區的現狀予以高度評價：「陝北現為八路軍之中心，人民經兩年餘之嚴格訓練，抗日思想最為濃厚；武裝民眾，遍地皆是。彼等已屬兵秣馬，準備為保護國土，獻身祖國。八路軍主力，現集中陝晉邊境者無慮二十萬，經多年之苦鬥，萬里之長征，耐勞苦，守紀律，有濃厚之政治意識，高遠之政治理想，每一個士兵，均能成為一個作戰單位。」

值得一說的是，當年《文匯報》的「文會」副刊就很有名，它於1938年2月8日刊登了題為〈朱德將軍最注意的事件〉的通訊。此外，它的「世紀風」副刊也很成功。在中共上海地下組織和進步文藝界的支持下，左翼作家柯靈主編的這個副刊逐漸成為「孤島」上一個強大的抗日文學堡壘，它每天刊出一至兩篇雜文，並出過多期雜文專輯，內容都是以宣傳抗日和反對漢奸為主的。此外，它還刊發報告文學、通訊和特寫。史沫特萊的長篇報告文學《中國紅軍進行區》、勃脫蘭的長篇通訊《與中國游擊隊在前線》等就是在「世紀風」上發表的。

《每日譯報》、《文匯報》的創刊，帶來了「孤島」抗日報刊發展的新局面。受兩者啟發，《國際夜報》、《導報》、《通報》、《大英夜報》、《循環報》等英商報紙紛紛創刊，一個以「洋旗報」為主體的抗日宣傳陣營建立起來了。到了1938年9月，上海著名的商業性大報《新聞報》及其晚刊《新聞夜報》請回了原館主美國商人福開森（J.C.Ferguson），改由美商太平洋出版公司發行。到了10月，《申報》也聘請美國人安德林（P.M.Anderson）為董事長、阿樂滿（N.F.Allman）為總主筆，從漢口遷回上海，掛美商哥倫比亞出版公司的招牌出版。11月，國民黨中央直轄黨報《中美日報》創刊，名義上由美商羅斯福出版公司出版發行，施德高（H.M.Stuckgold）為董事長，實際上由吳任滄、駱美中等主持。11月21日，上海著名的《大晚報》也脫離日偽的新聞檢查，改由英商佛利特（B.H.Fleet）主持的英商獨立出版公司發行。到了1939年4月底，在小小的上海租界，每日出版的「洋旗報」已經有十五種之多，總銷售量達二十萬份，形成了浩大的抗日宣傳聲勢。

在「洋旗報」崛起的同時，各類抗日刊物也如雨後春筍般出版，主要有《華美》週刊、《上海婦女》、《雜誌》、《文摘》、《譯報週刊》、《公論叢刊》、《文獻》月刊、《良友》畫報、《職業生活》、《導報增刊》等。其中，《華美》週刊創

刊於1938年4月，因掛名美商的華美出版公司而得名，它實際上是中國共產黨直接領導下的時事政治性刊物，王任叔、梅益等主持編務，被稱為當時上海「最精彩、最富戰鬥力的一個週刊」；《文獻》月刊創刊於1938年10月10日，也是中國共產黨領導下的一份時事政治性刊物，以發表抗戰文獻為主，由英商中華大學圖書公司發行，錢杏邨任主編；《職業生活》創刊於1939年4月15日，初以英商《國際日報》增刊的名義出版，後因《國際日報》發行人被汪偽政權收買而改為獨立出版。

從1939年5月以後，租界局勢日益險惡，「洋旗報」受到挫折。5月18日，《每日譯報》、《文匯報》被停刊；6月1日，《華美晨報》被停刊；7月1日，《導報》被停刊……到了下半年，中國共產黨創刊的「洋旗報」幾乎喪失殆盡。在這種情況下，中國共產黨不得不把抗日宣傳的重心轉向刊物。於是，1939年下半年，共產黨又創辦了《學習》半月刊、《上海週報》、《時代》週刊等，使得抗日刊物的隊伍更加壯大了。

這一時期，國民黨及其他愛國力量也創辦了不少抗日刊物，比較有名的是《中美週刊》和《大美週刊》。《中美週刊》創辦於1939年9月23日，是國民黨在《中美日報》第二次遭停刊處分後，為了繼續宣傳抗日而創辦的，它掛靠在美商羅斯福出版公司的名下。為了明確表示自己的抗日主張，它在發刊詞中稱「將一如本公司所出版的《中美日報》」；《大美週刊》創刊於1939年6月，掛靠在美商大美出版公司名下。

「孤島」上的抗日報刊經常受到日軍和汪偽漢奸特務的破壞。1938年初，日本侵略者找到了一個流氓常玉清，由他出面組織了一個叫「黃道會」的恐怖團體，專門破壞抗日宣傳事業。比如，1938年初，汪偽蘇浙皖三省統稅局要求租界報紙刊登該局的一個通告，《華美晚報》拒絕了這一無理要求，結果當晚就有一個暴徒來報館投擲一枚「錘形手榴彈」，炸傷三人。次日，報館又收到了這夥暴徒的恐嚇信，揚言要炸毀報館；同年2月10日，

一個暴徒闖入《文匯報》報館，投擲了一枚「木柄手榴彈」，炸傷三人，其中發行科職員陳桐軒因傷勢過重、搶救無效而去世。據統計，自1938年1月至5月，「黃道會」就向抗日報館投擲炸彈八次，受害報館除了上面提到的《華美晚報》和《文匯報》，還有《每日譯報》、《導報》、《大美晚報》等。此外，他們還採用投送人手、懸掛首級等更為殘忍的手段恐嚇抗日新聞工作者，《華美晚報》、《文匯報》的負責人就先後收到他們投送的人手和字條，字條稱：「此乃抗日者之手腕，送與閣下，希望閣下更改筆調，免嚐同樣之滋味。」

1939年春，汪偽政權在日本的幫助下建立起了以丁默邨、李士群為首的漢奸特工機構，命名為「中國國民黨中央執行委員會特工總部」。6月16日，這個機構向所有堅持抗戰宣傳的「洋旗報」的工作人員投寄了恐嚇信，警告收信人不許「反汪」、「反和平」，否則「即派員執行死刑，以昭炯戒」。

對於日偽的恐怖活動，「孤島」上的抗日愛國人士臨危不懼，與之進行了堅決的鬥爭。收到汪偽特務的恐嚇信後，《大美晚報》編輯朱惺公在自己主持的副刊上發表了「公開回答信」，痛斥偽特務的卑鄙手段，表達了寧死不屈的愛國熱情。他說：「這年頭，到死能挺直脊樑，是難能可貴的。貴『部』即能殺余一人，其如中國四萬萬五千萬人何？余不屈服，亦不乞憐。余之所為，必為內心之所安、社會之同情、天理之可容！如天道不滅，正氣猶存，余生為庸人，死為鬼雄，死於此時此地，誠甘之如飴矣。」文章發表後，迅即為人傳誦，極大地鼓舞了人們的抗日鬥志。當然，朱惺公也為此付出了沉重的代價，他第一個被汪偽特務暗殺。隨後，《大美晚報》的負責人張似旭、大光通訊社的邵虛白、《申報》記者金華亭、《華美晚報》主持人朱作同等也因堅持宣傳「反汪」、「抗日」而被汪偽特務暗殺。

為了對付汪偽漢奸特務的暗殺，避免不必要的犧牲，各報館紛紛加強了「戒備」：裝上鐵門、布上鐵絲網、雇人巡邏；不僅

巡邏的人數較平日增加許多，而且由徒手執勤改為武裝站崗。可以說，這時的報館幾乎與兵營無異。許多堅持抗日宣傳的報人乾脆將鋪蓋搬到了報館，吃住全在報館，儘量不外出，以防遭遇不測。與此同時，抗日新聞工作者還與租界當局溝通，尋求保護。租界遂派出巡捕在報館林立的福州路一帶晝夜巡邏，對於被日偽視為眼中釘的《大美晚報》，租界當局常年派一輛鐵甲警車停在大門對面的人行道上，並在附近設了兩座堡壘，派兵駐守。就這樣，經過抗日新聞工作者的英勇反擊和租界當局的配合、保護，「孤島」上的抗日宣傳活動雖然險象叢生，但始終沒有被日偽特務剿滅，直到1941年底日軍佔領了租界。此時太平洋戰爭已經爆發，美英已對日宣戰。

前
事今識
中國近現代的新聞往事

《大公報》的「四不主義」及其它

談中國近代新聞史，不能不談《大公報》，談《大公報》，不能不談它的「四不主義」。在二十世紀上半葉，中國的民營報刊有過一段黃金時期，一大批民營報刊辦得有聲有色，而且還贏得了外國同行們的認可。這其中，最傑出的代表就是《大公報》。

《大公報》是英斂之在1902年創辦的，報名取「忘己之為大，無私之為公」之意，以「開風氣，牖民智」為宗旨，創刊之初即以直言敢諫而著稱，由此開創了中國民營報刊自由主義的先河。熊少豪先生在《五十來年北方報紙之事略》中說：「《大公報》創辦之始，宗旨純正，言論激切，一時聲譽鵲起，惜鋒芒太露，致遭官府之忌，而惹政客之注意，卒為某黨所收買，坐是營業日散，銷路日減。」這裏所說的「為某黨所收買」，指的是被北洋軍閥安福系控制。

就是在《大公報》「銷路日減」的情況下，吳鼎昌、胡政之、張季鸞三人接手了《大公報》，從而將《大公報》帶到了最輝煌的時期，報業史上將《大公報》的這個階段稱為「吳胡張時期」。1926年9月1日，「吳胡張」的「新記」《大公報》創刊，張季鸞在創刊號上發表了〈本社同仁之志趣〉的文章，提出了「不黨、不私、不賣、不盲」的「四不主義」。張季鸞對「四不方針」的解釋是：「曰不黨：純以公民之地位，發表意見，此外無成見，無背景。凡其行為利於國者，擁護之；其害國者，糾彈之。曰不賣：聲明不以言論作交易，不受一切帶有政治性質之金錢補助，且不接受政治方面入股投資，是以吾人之言論，或不免

囿於智識及感情，而斷不以金錢所左右。曰不私：本社同人，除
願忠於報紙固有之職務外，並無它圖。易言之，對於報紙並無私
用，願向全國開放，使為公眾喉舌。曰不盲：夫隨聲附和，是為
盲動，評詆激烈，昧於事實，是謂盲爭，吾人誠不明，而不願限
於盲。」胡政之也說，國人辦報通常有兩種情況，一種是政治報
紙，為一黨一派作宣傳鼓動，沒有把報紙本身當成一種事業，等
到宣傳目的達到，報紙也就跟著衰竭了；另一種是商業報紙，不
問政治，只作生意經之打算。而《大公報》既不是政黨報紙，也
不是商人報紙，它要為中國報業開闢一條新路，具體地說就是
「報業天職，應絕對擁護國民公共之利益，隨時為國民貢獻正確
實用之知識，以裨益國家，業言論者，宜不媚強梁，亦不阿群
眾。」（新記《大公報》發刊詞）

　　現代新聞理念的突出特點就是「公共服務」——新聞傳媒的
最高理想是傳播事實真相和真理，而不是為某一政治團體或利益
集團服務。按此理論，報業應該是一種自治力量，必須採取獨立
和批判的態度，新聞記者應持中立立場，客觀地報導事實，反映
觀點，贏得公眾信任。以此衡量，我們可以說，《大公報》的
「四不主義」其實已經跟現代的新聞專業理論十分接近了。《大
公報》之所以日後取得那麼輝煌的成就，是跟它有先進的新聞
理念作指導密不可分的。我們一直說《大公報》是「文人論政」
的典型，「文人」固然不能代表現代傳媒理論中所說的全部「公
眾」，但文人畢竟不同於政客和商人，他們的報導和言論顯然要
比後兩者客觀、公正得多。

　　「文人論政」在中國是有傳統的。近代報業一進入中國，
王韜、梁啟超等政論家就開始「文人論政」，他們在報紙上闡述
對時局的看法，抨擊社會醜惡現象，痛罵無恥政客和奸商。梁啟
超不僅把報刊對國家的作用形象地稱之為「耳目喉舌」，而且還
提出：報紙是「國之利器，不可假人」；「報館有兩大天職：一
曰對於政府而為其監督者，二曰對於國民而為其嚮導者」（見梁

啟超〈敬告我同業諸者〉一文）。梁啟超的這些見解發表在二十世紀初期，孫中山先生領導的辛亥革命發生後，民主共和的觀念得到了進一步的傳播，此時的優秀新聞人，一方面繼承了王韜、梁啟超等人開創的監督政府、啟迪民智的「文人論政」的報業傳統，另一方面又自覺地矯正了梁啟超等人的一些認識偏差，不再視報刊為政治鬥爭的「利器」，努力使報刊獨立於各種政治勢力之外，擺脫政黨和財閥對報刊的控制，以實現真正的經濟獨立和言論自由。

　　1912年，史量才一接手《申報》，就宣告「無黨無偏、言論自由、為民喉舌」。同時還表示經濟獨立，不接受任何政治勢力、軍閥的津貼，為的就是政治上自主，不聽命於任何一個政治集團，不受官方或軍閥操縱。1918年，邵飄萍在北京創辦《京報》，也宣稱不依附於任何政治勢力，獨立報導，只對真相負責，反映民眾的呼聲。其言論既不受外國通訊社的左右，也不受軍閥操縱，自我定位為民眾發表意見的媒介，是「民眾的喉舌」。邵飄萍還認為，新聞記者是「布衣之宰相，無冕之王」，是「社會之公人，是居於統治者和被統治者之外的第三者」。直到1946年，儲安平在上海創辦《觀察》週刊，它的發刊詞還這樣表述：「《觀察》的存在是希望為自由知識份子提供一個暢所欲言、自由評論國事的講臺。它遵循客觀、公正的原則，以言論政，試圖靠言論的力量影響政府的決策並以此喚起社會良知。」儲安平在〈我們的志趣和態度〉一文中做進一步的闡述：「我們除了大體上代表一股自由思想分子，並替善良的廣大人民說話外，我們背後另無任何組織。我們對於政府，執政黨，反對黨，都將作毫無偏袒的評論……」可見，在二十世紀上半葉相當長的一段時間裏，優秀的職業新聞人一直將新聞獨立和自由作為一種自覺的追求。新聞獨立是指報刊在經濟上獨立，不依附任何政黨和財閥，新聞自由是指報導和言論不受外人控制。只是，到了

1949年之後，民營報紙很快被收歸「國有」，「文人論政」的傳統和新聞獨立和自由的追求也隨之戛然中斷。

回過頭來再說《大公報》。從1902年英斂之創刊到現在，《大公報》已經有百餘年的歷史了。2002年，香港《大公報》搞一百周年慶祝的時候說的是「百年輝煌」，其實我看，《大公報》最輝煌的時期就是1926年到1949年這二十多年的時間，也就是《大公報》奉行「四不主義」的這二十多年。1949年之後，《大公報》在中國大陸很快被改組，不復存在，只剩下了香港一支餘脈，即便輝煌，祖國大陸的人民也很難分享得到了。

當年的《大公報》在「四不主義」的指導下，獲得了巨大的成功，創下了中國報業史上難得的輝煌，它的輝煌見證民營報刊的黃金歲月。現在，我們可以通過以下幾個方面領略當年《大公報》巨大魅力之一斑——

其一，《大公報》的報導和評論盡可能做到客觀公正，「不偏不倚」。從1926年到1949年，這正是中國社會風雲激蕩的時期，中原大戰、國共之間的「圍剿」與「反圍剿」、抗日戰爭及隨後的解放戰爭均發生在這段時間，政治鬥爭和社會矛盾可謂空前激烈，各方政治勢力「你方唱罷我登場」。身處期間的《大公報》嚴格恪守「四不主義」，不依附任何政治勢力，對時局進行客觀公正的報導和評論。當時，國民黨蔣介石及他們所控制的報刊均稱共產黨為「共匪」，他們當然也希望《大公報》能「保持一致」，可是，《大公報》從不在報導中稱共產黨為「匪」，它只認為共產黨是反對黨。而且，《大公報》還在1935年派范長江到西北去採訪，最先報導了紅軍長征的真實情況。1937年，范長江到延安採訪，並跟毛澤東進行了長談，回去之後寫成了著名的〈動盪中之西北大局〉的通訊，文章在1937年2月13日的《大公報》上刊出，在全國引起了轟動。當時，蔣介石正主持召開了國民黨五屆三中全會。范長江文章的內容跟蔣介石所做的報告中的關於共產黨的說法截然相反。蔣介石勃然大怒，將正在南

京的《大公報》社總編輯張季鸞狠罵了一通，並命令此後嚴加檢查范長江的文章和私人信件。而毛澤東看了范長江的這篇文章後，卻非常高興，親筆致函范長江表示謝意。1944年，「中外記者參觀團」抵達延安，毛澤東不僅隆重宴請《大公報》記者，還發表了重要講話，盛讚「只有《大公報》不稱共產黨為『匪』」。1945年，毛澤東去重慶舉行國共和談期間也說：「這些年沒人拿我們共產黨當人看，只有《大公報》拿我們當人。」

其二，《大公報》不畏強權，也不被高官厚祿所收買。1930年，中原大戰爆發，《大公報》客觀地做了報導，不見容於各方軍閥，受到了閻錫山的「警告」。但《大公報》毫不畏懼，公開發表啟事，在公佈「警告」內容的同時還聲明：「本報絕不變其獨立公正之立場，決無受任何方面賄賂津貼之事。地方政令雖願遵守，至於官廳諒解與否，只有聽其自然。」蔣介石一直想拉攏《大公報》，但都沒有成功。他跟《大公報》總編張季鸞關係不錯，多次要張做高官，都被拒絕。張季鸞跟《大公報》的同仁說：「我們都是職業報人，毫無政治上甚至名望上的野心。就是不求權，不求財，並且不求名。」只求「言論獨立，良心泰然」。1938年，國民政府聘請《大公報》的王芸生擔任「軍委會參議」。由於王此前已經有過多次拒絕當官的「前科」，所以在送來聘書的同時，陳布雷還親自打了電話：「這是委員長的意思，請勉強收下吧，好在只是個空頭銜。」到了月底，軍委會竟送來了高額薪水。王芸生非常生氣，將聘書和錢如數退還。陳誠將軍當面對他說：「芸生先生，你不要太清高了！」王芸生說：「我服從司馬遷的一句話『戴盆何能望天？』」意思說，他的頭上只要新聞記者的這一頂帽子，別的都不要。

其三，《大公報》的影響力十分巨大，受到各方重視。整個抗戰期間，《大公報》還到處開花，先後在武漢、重慶、香港、桂林四地出版，桂林版發行量最高達六萬多份，重慶版的發行量

九萬多份。抗戰勝利後，《大公報》最盛期同時在上海、重慶、天津、香港四地出版，發行量達二十萬份，這個數字今天看來也許不算什麼，可在當時卻是中國報紙所達到的最高發行量。在錯綜複雜的社會背景下，雖然《大公報》不依附於任何政治勢力，但各黨各派對《大公報》的報導和評論都很重視。據說，每天讀《大公報》是蔣介石的必修課，蔣的辦公室、餐廳和臥室各放一份《大公報》，以便隨時閱讀。毛澤東對《大公報》也很重視，他在重慶談判期間宴請新聞記者，總是要將《大公報》的記者讓到主賓的位子上。1941年，《大公報》總編張季鸞去世，國共兩黨都發來了唁電，都對張季鸞給予了高度評價。國民黨領導人蔣介石的唁電是：「《大公報》社轉張夫人禮鑒：季鸞先生，一代論宗，精誠愛國，忘劬積瘁，致耗其軀。握手猶溫，遽聞殂謝。斯人不祿，天下所悲。愴悼之懷，匪可言罄。特電致唁，惟望節哀。」中國共產黨領導人毛澤東、陳紹禹（王明）、秦邦憲（博古）、吳玉章、林祖涵（林伯渠）的聯名唁電是：「季鸞先生在歷次參政會內堅持團結抗戰，功在國家。驚聞逝世，悼念同深。肅電致悼，藉達哀忱。」周恩來、董必武、鄧穎超的唁電是：「季鸞先生，文壇巨擎，報界宗師。謀國之忠，立言之達，尤為士林所矜式。不意積勞成疾，遽歸道山。音響已沉，切劘不再，天才限於中壽，痛悼何堪。特此馳唁，敬乞節哀。」周恩來和鄧穎超還以私人身份寫了輓聯：「忠於所事，不屈不撓，三十年筆墨生涯，樹立起報人模範；病已及身，忽輕忽重，四五月杖鞋矢次，消磨了國士精神。」

其四，《大公報》培養了一大批名記者名編輯。張季鸞、胡政之、王芸生等主筆自不必說，范長江、蕭乾、查良鏞（金庸）、彭子岡、徐盈、楊剛、李純青、孟秋江等都曾是《大公報》的記者、編輯。

其五，《大公報》贏得了國際榮譽，獲得了世界認可。1941年，美國著名的密蘇里大學新聞學院將其最優異貢獻獎授予《大

公報》，後來聯合國又推選《大公報》為全世界最具代表性的三份中文報紙之一。美國密蘇里大學新聞學院頒發的獎狀中說：「在中國遭遇國內外嚴重局勢之長時期中，《大公報》對於國內新聞與國際新聞之報導，始終充實而精粹，其勇敢而鋒利之社評影響於國內輿論者至巨。該報自於1902年創辦以來，始終能堅守自由進步之政策；在長期辦報期間，始終能堅執其積極性新聞之傳統；雖曾遇經濟上之困難、機會上之不便以及外來之威脅，仍能增其威望……保持其中國報紙中最受敬重最富啟迪意義及編輯最為精粹之特出地位。《大公報》自創辦以來之奮鬥史，已在中國新聞史上放一異彩，迄無可以頡頏者。」在中國報紙中，獲此殊榮的，只有《大公報》一家，也只有這一次。在《大公報》之前，在亞洲獲此榮譽的報紙也只有日本的《朝日新聞》。面對巨大的榮譽，當時張季鸞發表了〈本社同人的聲明〉社評：「中國報原則是文人論政的機關，不是實業機關……以本報為例，假若本報尚有渺小的價值，就在於雖按著商業經營，而仍能保持文人論政的本來面目。」

　　其六，《大公報》的運作模式有可供今人借鑒之處。吳鼎昌、胡政之、張季鸞三人是新記《大公報》的開創者，這三人堪稱《大公報》的「鐵三角」，吳鼎昌任董事長、胡政之任總經理、張季鸞任總編輯，三人珠聯璧合，共同締造了中國報業史上的這份輝煌。今天，我們看看三個人的工作流程也是一件很有意思的事。據說，胡政之每天清晨就趕到報社，第一件事就是巡視經理部，瞭解發行和廣告勢頭，然後上二樓看報。胡政之大量翻閱各種報刊，一是比較這些報刊的優劣，二是找出《大公報》與優秀報刊的差距，同時還要找採訪線索，及時指令記者去採訪；張季鸞通常是下午兩點多才到報社，然後是先看全國各地的報紙，看通訊社的稿子，會見來來往往的客人。他很好客，通過會客，他獲得很多資訊。晚飯後，再到報社處理稿件。到晚上十一點多，他開始考慮當天的社論。社論基本是當天寫，第二天見

報；吳鼎昌還是鹽業銀行的總經理，通常夜裏才能趕來報社，與胡政之和張季鸞議論時局，研究社論。繁星四起之時也是《大公報》三巨頭聚齊之時，此時，也是《大公報》社最繁忙的時候。吳鼎昌的資本，胡政之的管理、張季鸞的文章，三者構成了《大公報》獲得成功的重要因素，這種資本、管理、文章三者有機組合的民營報刊的運作模式也一度領風氣之先。今天看來，這種模式對媒體也是有啟示意義的。傳媒不是政府機關，不能搞得像「衙門」，只知道唯命是從；傳媒也不是普通的商業，它要遵循商業規律，但也不能只懂得賺錢，它還要引領輿論，承擔自己對國家和社會的一份責任。

從《大公報》的「四不主義」中，我們可以感受到民國時期中國民營報刊對新聞獨立和輿論自由強烈而自覺的追求；從《大公報》的辦報實踐中，我們也可以看出中國民營報刊對中國社會文化及新聞事業所起到的巨大推動作用。民國時期，民間報刊的興起，民間印刷出版業的興盛，使新聞資訊日益社會化和平民化，中國新聞人的獨立意識和職業報人的定位也初步形成，他們的精神追求和辦報實踐，不僅使當時的社會文化環境變得異彩紛呈，而且也給今人留下了一份厚重的歷史和寶貴的精神財富。《大公報》就是民營報刊的典型，它在中國的亂世用輿論的力量糾正那個時代的錯誤、黑暗與罪惡，不斷地發表負責任的評論，既繼承了王韜、梁啟超等人所開創的「文人論政」的傳統，又向現代先進的新聞理論和運作模式進行了緊密的靠攏。它的成就是抹煞不了的。今天，我們回憶《大公報》的成就，不僅能從它的歷史中獲取必要的精神力量，而且還可能會對我們今天的新聞事業提供某種借鑒。

當然，回首《大公報》，我們在激動、神往和啟示之外，可能還有悲傷、失落和苦澀。「國家不幸詩人幸」，二十世紀的前半葉，絕對是中國的亂世，可是，恰恰是在這個亂世，包括《大公報》在內的中國民營報刊寫下了輝煌的一筆，迎來了黃金時

代。到了和平年代，輝煌反而不再了，箇中滋味，真是一言難盡呀。

　　歷史，常常以悲壯的表情給人以啟迪和力量，而人們，則需要肩負著歷史的苦澀與凝重前行，再前行。

前

事今識

中國近現代的新聞往事

第五章

《大公報》在抗戰中的遷移

　　2005年是抗日戰爭勝利暨世界反法西斯戰爭勝利六十周年。八年抗戰是一場全民族的動員，自然，報業在抗日戰爭中也同全國人民一道經受了苦難，付出了犧牲，做出了貢獻。「抗日戰爭中的中國報業」是一個極其宏大的課題，非三言兩語所能說清。在此，我們選一家有代表性的報紙，通過這家報紙有代表性的行動來展示中國報業在抗戰中所經受的磨難、所付出的犧牲和所做出的貢獻，以達到「管中窺豹略見一斑」的效果。我覺得，《大公報》在抗戰中的六次遷移應該是極具代表性的──《大公報》是份當年最具影響力的民營報紙，它在抗戰中的六次遷移極其艱苦卓絕。

　　《大公報》於1902年6月17日創刊於天津，創刊人是英斂之。1916年9月，英斂之將《大公報》賣給了安福系財閥王郅隆，成了北洋安福系的機關報。1923年9月，王郅隆在日本大地震中死去，1924年，安福系垮臺，1925年11月27日，《大公報》被迫宣佈停刊。1926年9月1日，吳鼎昌、胡政之、張季鸞以新記公司的名義續辦《大公報》，吳鼎昌任董事長、胡政之任總經理、張季鸞任總編輯。新記《大公報》一創刊就提出了著名的「四不」（即「不黨、不賣、不私、不盲」）辦報方針，宣佈新記《大公報》既不同於政黨報紙，也不同於一般的純以賺錢為目的的商業報紙，而是一份獨立的有社會責任感的民營報紙，帶有強烈的「文人論政」的色彩。由於在多年的辦報實踐中堅持「四不」方針，客觀公正地報導和評論新聞事件，《大公報》迅速發

展壯大，至抗日戰爭爆發前夕，《大公報》已經成為中國最有影響力的民營報紙。

《大公報》最初的報館在天津。東北淪陷之後，《大公報》的總編輯張季鸞敏銳地感到：佔領東北後，日本肯定要進攻北平和天津，平津不保是遲早的事，必須未雨綢繆。到了1936年，吳鼎昌、胡政之、張季鸞三位創始人統一認識，決定在上海創辦《大公報》，以接應天津《大公報》。這一年4月1日，上海《大公報》創刊，地點設在上海法租界。張季鸞發表社論說，《大公報》在天津和上海兩地發行，不是擴張事業，而是形勢所迫。《大公報》本是北方報紙，初闖上海灘，艱辛多多。上海《大公報》頭三天發行，讀者根本買不到報紙，原來報紙被上海的競爭對手給「惡意收購」了。可見，當年的報業競爭也不怎麼規範。沒辦法，胡政之只好請青幫頭子杜月笙出面，同時宴請上海報業老闆，這才「擺平」了此事。

1937年7月7日盧溝橋事件之後，《大公報》於7月9日、7月10日連續發表社論〈盧溝橋事件〉及〈盧溝橋善後問題〉，批評宋哲元對日妥協政策，堅決主張抗日，呼籲國民黨北方當局「迅速決大計，上與中央連成一片，下與民眾結成一體」，「否則退讓復退讓，畸形復畸形，士氣何堪再用，地方成何體制！」7月28日，日軍進攻天津，天津告急。因對外交通斷絕，天津《大公報》只能在市內發行。8月1日，天津淪陷，8月4日，天津《大公報》宣佈停刊。〈暫行停刊啟事〉寫道：「天津本報，決與中華民國在津合法統治同其運命，義不受任何非法統治之威脅。」

佔領天津之後，日軍又進攻上海。胡政之和張季鸞感到，上海亦非久留之地，「滬版必將繼津版而犧牲」。他們決定沿長江西進，創辦漢口《大公報》。上海「八一三」抗戰爆發第二天，胡政之便電令南京辦事處曹谷冰和天津《大公報》員工，分頭火速趕往湖北，籌備漢口《大公報》。張季鸞提出要親自去武漢創辦漢口版《大公報》。至9月18日，漢口《大公報》創刊。于右

任先生寫來祝詞：「當我忠勇將士為國家之獨立與民族之生存浴血苦戰，以抗暴敵之際，諸君為國服務，於漢市分社發行新刊，舉全國作戰之心，壯前方殺敵之氣，至佩至佩！」

1937年12月13日，日軍攻佔了南京，南京大屠殺事件隨即發生，日軍犯下了滔天罪行。攻佔南京的當天，日軍便沿長江西進，直逼武漢。這個時候，上海成了孤島。佔領南京後，日本通知上海公共租界，要求所有的中文報紙發行前必須送審。此前，租界曾警告中文報紙必須立論慎重，不要刺激日軍，但各報我行我素，照常發表激烈言論。上海《大公報》更是精心發表抗戰文章，連續刊登范長江率戰地記者冒死採來的通訊。但此刻，日軍態度強硬，租界唯日軍是從。當晚，胡政之把王芸生、張琴南、李子寬召到辦公室，大家一致贊同，寧可停刊，也絕不接受日本人的檢查！12月14日，上海《大公報》發表了王芸生的兩篇社論，宣佈停刊，隨後向武漢轉移。在題為〈暫別上海讀者〉的社論中，王芸生寫道：「昨天又來『通知』說：『自十二月十五日須送小樣檢查，而不經檢查的新聞一概不准登載。』我們是奉中華民國正朔的，自然不受異族干涉。我們是中華子孫，服膺祖宗的明訓，我們的報及我們的人義不受辱，我們在不受干涉不受辱的前提下，昨日敵人的『通知』使我們決定與上海讀者暫時告別。」另一篇社論〈不投降論〉更是表達了《大公報》人熾熱的愛國情懷：「我們是報人，生平深懷文章報國之志。在平時，我們對國家無所贊襄，對同胞無所貢獻，深感慚愧。到今天，我們所能自勉，兼為同胞勉者，惟有這三個字──不投降。」

上海《大公報》停刊後，雖然有漢口版，但日軍直逼武漢，漢口亦非久留之地，再度遷移在所難免。胡政之決定建立香港《大公報》，但是，香港版的創建並不順利，由於英國當局的刁難，香港版《大公報》到1938年八一三抗戰周年紀念日才創刊。胡政之在創刊號上說：「這一年的嚴重外患，毀壞了我們國家人民多少事業，本報是民族事業的渺小一分子，當然亦不能例外。

然所幸者，不獨心不死，人亦未死，雖然備歷艱危，而一枝禿筆卻始終在手不放。」這個聲明，再次表明了《大公報》同人「文章報國」的決心。

1938年中秋，武漢大會戰打響，蔣介石命令武漢報刊立即撤離。武漢《大公報》對撤離早有準備。1938年除夕，曹谷冰就奉命到重慶籌備渝館，經過三個月緊張工作，建館事宜就緒。一旦武漢有事，《大公報》可以立即西遷。

1938年冬，張季鸞在重慶新豐街創建了重慶《大公報》。新豐街處於重慶鬧市區，數月後，日軍以國民黨軍委為目標，大規模轟炸重慶鬧市，《大公報》工廠被毀，不得不借用《兄弟報刊》的編輯部辦公，並委託他人代印報紙。恰在此時，張季鸞病重，「筆政」轉交王芸生。胡政之不得不從香港飛來山城，分擔重慶《大公報》的行政事務。胡政之爭分奪秒，在近郊李子壩選定新址，投入大量人力財力，重建重慶《大公報》社。李子壩上接浮圖關，下臨嘉陵江。胡政之讓人在離報社不遠的半山腰鑿兩個防空洞，一個安排印報機，一個供員工防空。空襲中，只要把版排好，送入防空洞打版上機，就可保證出報。這種設計果然奏效，1940年，日軍傾其航空力量，對以重慶為中心的大西南，進行連續半年的狂轟濫炸，李子壩經理部辦公樓被炸毀，印刷廠第二車間被破壞，但在半山腰防空洞裏的印刷機卻始終沒有停轉，重慶《大公報》的出版一天也沒有間斷。

隨著日軍的步步推進，胡政之斷定香港版亦不可保，便在桂林星子岩租下37畝荒地，決計創辦桂林《大公報》。1941年春，桂林《大公報》問世，這已經是《大公報》的第六家報館了。數月後，《大公報》的發行量竟躍居兩廣、湖南、貴州之首。與此同時，日軍攻佔九龍，香港《大公報》發表最後的社論，以「人生自古誰無死，留取丹心昭汗青」與讀者共勉，宣佈停刊。但是，胡政之卻被困在了香港，處境十分危險。離港之時，胡政之做了最壞的打算，他在棉袍裏藏了三顆圓形銅扣，若被日軍抓

獲，則當即吞服自殺，寧死也不受日軍侮辱。幸運的是，胡政之後來乘舢板渡海，歷盡千辛萬苦，終於回到了桂林。

1944年，日軍攻陷桂林，桂林《大公報》停刊，大公報人與難民一道，或爬上罐頭車，或乘船，或徒步跋涉，最終撤入重慶。

在整個抗戰中，《大公報》歷盡艱辛，從北至南，從東到西，六遷其社。但是，《大公報》始終抱定一個念頭：寧可停刊另覓新社址，也絕不在日寇的刺刀下出一天報。這種可貴的「報格」，這種「寧可站著死不可跪著生」的民族氣節，儼然是整個中華民族不屈不撓的鬥爭精神的縮影。

近年來，學界對教育界在抗戰期間的表現進行了頗多挖掘和研究，其中最感人者，當屬諸高校師生西遷，並創建西南聯合大學的事蹟。在國家生死存亡之際，中國教育界、知識界所展示出的堅韌品格、團結對外的愛國情懷、刻苦鑽研的良好學風，實在是我中華民族的一筆寶貴財富。同理，在抗戰中，中國報界也進行了艱苦卓絕的西遷。南京、上海、北平等城市的許多報館都在抗戰中遷移了社址。在這個過程中，中國報業一方面要做好份內工作：報導戰事進展，宣傳團結抗戰，鼓舞全民士氣，另一方面，各家報館還要安排遷移事宜，在戰火紛飛之中，轉移人員、運送設備絕不是簡單之事。所幸，即便在最艱苦的日子裏，中國的報業也沒有中斷一天。靠著那一代報人強烈的愛國心、事業心和艱苦卓絕的努力，中國的新聞事業才沒有被日軍摧毀。這同樣是一件了不起的事情。值此紀念抗日戰爭勝利六十周年之際，我們理應向當年的優秀報人致以崇高的敬意。他們的事蹟，我們不該遺忘；他們的精神，我們應該繼承並發揚光大。

《大公報》在抗戰中的言論

　　《大公報》是一份「文人論政」的報紙，客觀公正的言論是它鮮明的特點。在抗戰中，這一特點表現得尤其明顯。在中華民族生死存亡之際，《大公報》始終以獨立的民營報紙的姿態呼籲團結抗戰，批評漢奸賣國賊。

　　在日本的誘降下，國民黨副總裁汪精衛公開投敵，於1938年12月18日率其黨羽秘密離開重慶，飛往昆明，然後又逃至越南的河內。隨後，日本發表近衛第三次聲明，呼應汪精衛的投敵行為，汪精衛也發表通電，公開自己的漢奸嘴臉。這一系列事件發生後，《大公報》發表社論，措辭激烈地批評汪精衛的漢奸行為和日本滅亡中國的妄想。近衛聲明發表後兩天，《大公報》即發表〈關近衛之讕言〉的社論，社論稱：「我們聲明：中國的國策絕不動搖，暴日若不放棄其亡華霸亞的野心，我們的抗戰絕不停止，近衛再有千萬篇聲明，只能更堅固中國的決心！」汪精衛發表通電後，國民黨中央執行委員會宣佈永遠開除汪精衛的黨籍，並撤銷其一切職務。可是，蔣介石還對汪精衛抱有一絲幻想。1939年2月，他派人攜鉅款赴越南河內，勸說汪精衛到歐洲遊歷。汪精衛拒絕了蔣介石的勸說，並與日本首相平沼騏一郎簽訂了《汪平沼協定》。4月5日，《大公報》除了披露《汪平沼協定》外，還發表了社論〈汪精衛的大陰謀〉，既批評了汪精衛的賣國行為，也批評了國民黨對汪精衛的姑息。社論說：「汪氏的陰謀，既策動如此之久，且是有組織的行動，蛛絲馬跡，佈滿渝滬，豔電發表之後，中央只予除籍撤職的處分，並未發動國法，對於附和之人亦未查究，以致任令彼等逍遙法

外，繼續進行其大陰謀，寬大伏容。語云：『姑息養奸』，正汪事之謂。」

在日本的導演下，汪偽「國民政府」於1939年3月30日在南京成立。《大公報》當日即發表評論，稱：「今天南京的一幕劇，畢竟是我們抗戰史上的醜事。南京是我們淪陷了的首都，敵人在那裏屠殺我們的同胞，僅經紅十字會掩埋的屍體就有二十三萬具，而我們的婦女同胞受敵人的姦淫蹂躪，更是我們的千秋萬世之羞。這深仇重恥，我們還未報雪，而汪群賊竟在同胞的血屍之上，敵人的刺刀之下，扮演傀儡醜劇，真是喪盡了天良！報仇雪恥，抗敵誅奸，這責任完全負在了我們全國同胞的肩上。」多年之後，我們閱讀這篇社論依然感到熱血沸騰。

國民黨政府撤到重慶之後，日本空軍對重慶狂轟濫炸。當時，中國軍方沒有制空權，對日本飛機無可奈何，民眾中不免有一絲悲觀情緒。此時，《大公報》總編輯張季鸞已經病重，王芸生到醫院去看望他，說起了日軍轟炸之事。重病中的張季鸞跟王芸生說：「你今天就寫文章，題目叫〈我們在割稻子〉。就說，最近十幾天，天氣晴朗，敵機連連來襲。而我們的農夫在萬里田疇割下金黃的稻子。」1941年7月9日，這篇社論見報，「割稻子精神」一時成為大後方人民蔑視日軍、堅信抗戰勝利的符號。

1941年底，太平洋戰爭爆發，香港淪陷，香港《大公報》被迫停刊，更嚴重的是，《大公報》總經理胡政之被困在了香港。王芸生出面請陳布雷設法營救，陳布雷答覆，可讓胡政之乘坐國民黨的飛機緊急撤離，回到重慶。王芸生到機場接人，可是，直到最後一班飛機降落，也不見胡政之的蹤影。倒是看見大批箱籠、幾條洋狗和老媽子從飛機上下來，由身穿洋裝戴墨鏡的「孔二小姐」接走。王芸生憤怒了，他發表了一篇措辭嚴厲的社論〈擁護修明政治案〉，文章先批評了國民黨政府機構臃腫、效率低下，接著就曝光了「飛機洋狗事件」和外交部長郭泰祺利用公款購置私宅的醜行：「至於人才，今後再不要說『國難期間，

一個人要做十個人的事』這類誇大而不切實際的話了，因為這種話就是兼職的美麗護符。今後要絕對提倡『一個人要切實做到一個人所應做所能做的事』，有志氣要做事的人，應該以兼職為恥。此外還有要緊的一點，就是肅官箴，儆官邪。譬如最近太平洋戰事爆發，逃難的飛機竟然裝有箱籠、老媽子與洋狗，而多少應該內渡的人尚危懸海外。善於持盈保泰者，本應該斂鋒謙退，現在竟這樣不識大體。又如某部長在重慶已有幾處住宅，最近竟用六十五萬元公款買了一所公館。國家升平時代，為壯觀瞻，原不妨為一部之長置備漂亮的官舍，現當國家如此艱難之時，他的衙門還是箕踞辦公，而個人如此排場享受，於心怎安？……」

文章發表後，引起了強烈反響，蔣介石當即撤了郭泰祺的職。但這仍未能平息民憤，遵義和昆明的大學生先後舉行了聲勢浩大的遊行示威，甚至喊出了「打倒國民黨」的口號。

1942年，河南發生旱災，百姓流離失所。可是，國民黨政府照舊徵稅。《大公報》派記者張高峰到河南採訪，發回了〈豫災實錄〉的通訊，披露了河南餓死幾百萬人的事實。王芸生配合通訊發表了〈看重慶，念中原〉的社論，社論說：「誰知道那三千萬同胞，大都已深陷在饑饉死亡的地獄……吃雜草的毒發而死，吃乾樹皮的忍不住刺喉絞腸之苦。把妻女馱到遙遠的人肉市場，未必能換到幾斗糧食……憶童時讀杜甫所詠歎的〈石豪吏〉，輒為之掩卷太息，乃不意竟依稀見於今日的事實。」此社論一出，國民黨軍委立即命令《大公報》「停刊三日」。

到了1944年，世界反法西斯戰爭在形勢上發生了重大逆轉。無論是歐洲戰場還是太平洋戰場，盟國都進入了反攻階段。可是，由於國民黨政府的腐敗無能，日軍依然在中國戰場上打通了「大陸交通線」。從4月到12月，國民黨軍隊竟然喪失了河南、湖北、湖南、廣西、廣東、福建大部及貴州的部分地區，一百四十六座城市淪陷，七個空軍基地被毀，六千多萬人民陷

於日軍的鐵蹄之下。針對國民黨官場腐敗、軍事不利的事實，王芸生發表了〈為國家求饒〉的社評，猛烈抨擊官僚和國難商人。針對官僚，王芸生寫道：「這些人，既無主義，又無理想，做官只為個人的利祿與妻妾子女的供奉。也談不到什麼操守，只要有錢可撈，什麼壞事都敢做。他們做官的秘訣是『推』『拖』『騙』，而歸結一個字，就是『混』。天大的事，他們都能推得開，拖得過，騙得了；大事化小，小事化無，什麼大問題，他們都這樣混下去，永遠沒有一個真正的解決。只有升官發財，他們絕不放鬆。對上不惜奴顏婢膝，逢迎希寵；對下則趾高氣揚，頤指氣使；而對同僚則排擠傾軋，爭風吃醋，無所不用其極。……平心說，官僚未必賣國，而其誤國之罪則不可恕。這情形，非自今日始，可說由來已久。遠的不說，抗戰以來，這類官僚有沒有呢？我們放眼一望，哪裏敢說沒有！而且沉痛些說，我們抗戰所以那麼艱苦，到現在還難關重重，一大部分就是因為這類官僚在那裏鬼混的緣故。現在國家已到最艱苦的關頭，我們不能不向他們誠心誠意地求饒：你們該混夠了！無論你們在南美是否買了橡樹林，也無論你們在紐約大銀行裏是否存有美金，過去的舊賬都可以不算了。中國人有不究既往的雅量，你們盡可去做富家翁，只求你們不要再混了，讓許多真正有血性有熱情的人來徹底操作，挽救危局吧！我們這一次抗戰，一定要勝，不勝便要亡國。為了整個國家的存亡興廢，為了子孫萬代的生存自由，我們不得不向你們乞求：請你們饒了國家吧！」對於發國難財的奸商，社論說：「過去的算了，財既發夠，趕快洗手，請你們饒了國家吧！」這篇社論飽含感情，字字句句，如泣如訴，愛國之切，恨官僚奸商之劇，躍然紙上。時光飛逝，重讀當年報人對官僚和奸商的痛斥，仍不免感慨萬千。

縱觀《大公報》在抗戰期間的言論，我們可以發現，在「中國民族最危險的時候」，我們的民間報人怎樣以自己的「禿筆」來承擔沉甸甸的歷史責任；在國家生死存亡之際，他們泣血號

呼，拼命吶喊，為抗戰的勝利貢獻出了自己的一份熱忱和辛勞。後人應該記住他們，記住他們熠熠發光的言論和不屈不撓的精神。

前事今識

中國近現代的新聞往事

第七章

遙望《新華日報》

　　向繼東先生在2005年第1（上）期《雜文月刊》上撰文〈一萬與六萬〉，比較二十世紀四十年代在重慶兩家「黨報」的發行量：國民黨辦的《中央日報》雖然有各種便利，但發行量只有一萬份，而共產黨員辦的《新華日報》的發行卻有六萬份。向文側重批評國民黨及其所辦的《中央日報》，分析他們何以被人民遺棄，對於《新華日報》何以能發行六萬份，則言之較略。其實，我們今天回首當年的《新華日報》，亦能得到不小的啟示。

　　1938年1月11日，《新華日報》創刊於武漢，同年10月25日遷至重慶，1947年2月28日被國民黨當局查封，共出版九年多的時間，是中國新民主主義革命時期出版時間最長的一份中共中央機關報。開始，《新華日報》由中共中央長江局領導，1939年以後由中共中央南方局領導，1946年以後又由中共中央四川省委領導。周恩來、吳玉章等老一輩革命家還曾擔任過《新華日報》的董事長，指導過《新華日報》的具體工作。

　　《新華日報》在創刊詞中表明「為鞏固與擴大抗日民族統一戰線而效力」，為了達到這一目的，抗戰初期，新華日報就宣傳毛澤東的持久戰理論，批駁亡國論和速勝論，這當然使蔣介石國民黨很不高興，蔣介石國民黨從一開始就從政治上壓制新華日報。據《紅旗》雜誌的總編輯熊復先生回憶說：「蔣介石國民黨對付《新華日報》的辦法就是：讓你辦報，但是又不讓你講話。一句話，就是不讓《新華日報》有言論自由。」這樣，毛澤東的〈論持久戰〉、〈新民主主義論〉等文章以及周恩來寫的專論，國民黨的新聞檢查官通常都是不讓刊登的。發展到後來，甚至連

「共產黨」、「毛澤東」、「八路軍」、「陝甘寧邊區」、「敵後抗日根據地」等名詞都不准見報。但是，共產黨的報人聰明地創造了「開天窗」、用「×××」替代名詞等做法，或者就直接著明「以下奉令刪登」等字樣，這讓國民黨的新聞檢查官們很是尷尬，但他們也無可奈何。就是用這些做法，《新華日報》在國統區宣傳民主和自由，跟國民黨的專制獨裁進行了不懈的鬥爭。

今天，我們回過頭去看當年的《新華日報》的社論文章，仍然能感受得到當年新聞工作者那種激情和理想，仍能對共產黨爭取言論自由所進行的抗爭產生由衷的欽佩與神往。請看《新華日報》當年刊登的一些評論說了些什麼：1946年2月1日，《新華日報》刊登茅盾的文章〈要真民主才能解決問題〉，文章中有這樣的段落——

「二十年來，尤其是最近幾年，我們天天見的是『只許州官放火，不許百姓點燈』。政府所頒佈的法令，其是否為人民著想，姑置不論。最讓人憤慨的是連這樣的法，政府並未遵守。政府天天要人民守法，而政府自己卻天天違法。這樣的做法，和民主二字相距十萬八千里！所以民主云云者是真是假，我們卑之無甚高論，第一步先看政府所發的那些空頭民主支票究竟兌現了百分之幾？如果已經寫在白紙上的黑字尚不能兌現，還有什麼話可說？所以在政治協商會議開會以前，我們先要請把那些諾言來兌現，從這一點起碼應做的小事上，望政府示人民以大信。」這篇發表在國民黨政治協商會議召開之前的評論，「時效性」和「針對性」是不是一點都不比現在的言論差？

再看，1946年1月11日是《新華日報》創刊八周年紀念日，陸定一在《新華日報》上發表了題為〈報紙應革除專制主義者不許人民說話和造謠欺騙人民的歪風〉的評論文章。文章說——

「……所以，有兩種報紙。一種是人民大眾的報紙，告訴人民以真實的消息，啟發人民民主的思想，叫人民聰明起來。一種是新專制主義者的報紙，告訴人民以謠言，閉塞人民的思想，使

人民變得愚蠢。前者，對於社會，對於國家民族，是有好處的，沒有它，所謂文明，是不能設想的。後者，則與此相反，它對於社會，對於人類，對於國家民族，是一種毒藥，是殺人不見血的鋼刀。

所以，也有兩種記者。一種記者是為人民服務的，他把人民大眾所必須知道的消息，告訴人民大眾，把人民大眾的意見，提出來作為輿論。另一種記者，是為專制主義者服務的，其任務就是造謠，造謠，再造謠。

中國有少數人，集合新舊專制主義者的大成，他們一面辦報造謠，一面又禁止另一些報紙透露真實消息。他們很怕真正的記者，因為他們有不可告人之隱，所以喜歡鬼鬼祟祟，喜歡人不知鬼不覺，如果有人知道他幹的什麼，公開發表出來，或者說，把他所要幹的事老老實實地『暴露』出來，那他就會大怒，跟著就會不擇手段。把外國記者放上黑名單，時時刻刻以有形無形的手段恐嚇著中國記者，叫他們『小心！小心！』就是這種手段的舉例。」

陸定一在這篇文章的最後說：「我希望慢慢地在新聞界裏創造出一種新的作風，就是為人民服務的作風，力求真實的作風。以此作風，來革除專制主義者不許人民說話和造謠欺騙人民的歪風。」這可真是一篇振聾發聵、酣暢淋漓的評論呀。

《新華日報》不僅在「路線」和「主義」等宏大命題上敢於跟專制獨裁者進行針鋒相對的鬥爭，而且在一些日常新聞報導中也敢於仗義直言，替弱者說話，維護普通公民的人身權利。1946年2月4日，重慶一名叫張德操的屠戶被國民黨保安隊的員警以捉賭為藉口劫去了錢財，而後，國民黨員警又打了張德操及其弟弟，還有兩個鄰居。這是一起員警濫用職權侵害百姓的新聞事件，跟當年發生在陝西的夫妻看色情光碟案以及好多地方發生過的處女嫖娼案有異曲同工之處。1946年2月8日，《新華日報》就此事發表了一篇題為〈平等人身自由是政治民主的尺規〉的社

論。社論說：「……軍警可以不經過任何手續而衝入人民家，人民有什麼居住自由而言？人民的財產可以這樣被劫掠，還有什麼私有財產的保障之可言？對平民的拘押拷打，如此隨便，又有什麼人身自由可言？假如政府和法律竟不能保障人民的人身、居住、財產自由權利，叫平民怎麼能安居樂業？」「假如實行民主而不能使普通百姓個個安居樂業，免於強暴侵凌的危險，那麼民主還是落了空的。所以，我們斷不能把張德操案以及其他與此類似的事件看做是無足重輕的社會小事。」這篇文章立論之深刻也是很值得今天的新聞工作者學習的。

檢索當年的《新華日報》上刊登的評論，好文章不勝枚舉。限於篇幅，在此就不再舉例、引文了。下面說兩件《新華日報》跟國民黨當局作鬥爭的具體事件。1946年4月，國民黨藉口《新華日報》登了〈駁蔣介石〉一文要查封《新華日報》，但他們找不到查封的理由，最後，國民黨當局想出了一個辦法，他們捏造了一些團體，在柳州、開封等地法院以「侮辱了元首」之名控告《新華日報》。地方法院把這些案子轉到重慶審理，企圖以此打壓《新華日報》。但是，《新華日報》對國民黨這種「欲加之罪何患無辭」的做法嚴加駁斥，並請律師界的朋友幫助打官司。因國民黨當局沒道理，所以，重慶法院也不得不做出裁定：「查我國法律，無侮辱元首之條文。如係誹謗，須本人起訴。」這實際上就是駁回了起訴。蔣介石當然不好意思親自告《新華日報》，此事便不了了之。

皖南事變發生後，蔣介石下達了取消新四軍的命令，但又不讓《新華日報》發表事實真相的報導。周恩來為皖南事變題詞「為江南死國難者志哀」和「千古奇冤，江南一葉；同室操戈，相煎何急。」可這個題詞國民黨也不讓發。為了對《新華日報》實施更嚴格的新聞檢查，皖南事變那幾天，國民黨的新聞檢查官還親臨《新華日報》審稿。那麼，《新華日報》最後是怎麼把周恩來的題詞發表出去的呢？原來，《新華日報》為了對付國民

黨的檢查，做了兩種版，一種是有周恩來題詞的，一種是專門給國民黨新聞檢查官看的。這樣，還在國民黨的新聞檢查官逐字逐句地審稿的時候，有周恩來題詞的報紙就已經印出來了。印出來了，國民黨也並沒有把《新華日報》怎麼樣，因為當時國民黨對報紙的處罰一般也就是「警告」，即便是勒令停刊也就是幾天。國民黨當時還是不敢冒天下之大不韙而將《新華日報》徹底停刊的。

　　人們常說「報紙是易碎品」，這個觀點當然沒錯。但我想說的是，好的報紙上的好文章是不應該滿足於「易碎品」這個定位的。《新華日報》就是一個極好的例子。五、六十年的時間過去了，有關《新華日報》的故事不是還在被人們記起嗎？當年辦《新華日報》的編輯、記者大多都已經作古了，可他們的文章不還是被人們不斷重溫並從中吸取精神力量嗎？

前

事今識

中國近現代的新聞往事

第三輯

前思後想

新聞事業的蝴蝶效應

　　「蝴蝶效應」是現代模糊學的一種理論。它形象的說法是：南半球一隻蝴蝶偶爾扇動翅膀所帶起來的微弱氣流，幾星期後竟變成了席捲美國德克薩斯州的一場龍捲風！它所表明的原理是，一件事物的初始狀態常常具有決定意義，初始狀態的極微小差異，往往會導致發展過程和結果的極大差異。那麼，中國的新聞事業的初始狀態是什麼樣的呢？這樣的初始狀態是不是真的對我國的新聞事業產生了極其重大的影響呢？我們還是先來回顧一下新聞事業剛剛傳入中國時的情形吧。

　　1815年，英國傳教士馬禮遜、米憐在麻六甲創辦了世界上第一份近代中文雜誌《察世俗每月統計傳》，到1833年，英國傳教士郭士立在廣州創辦了《東西洋考》，這才是第一份在中國境內出版的中文報刊。隨後，不斷有傳教士在中國創辦中文報刊。鴉片戰爭後，外國傳教士在中國辦報形成了一個小高潮，到1894年，外國人在中國創辦的報紙已經達到了五十多種。外國傳教士辦的報紙當然含有傳播基督教、為列強對中國的文化征服服務的色彩，但同時，它也對中國的新聞事業起到了刺激和示範的作用，通過借鑒傳教士們的辦報經驗，一些中國的有識之士揭開了中國新聞事業的新篇章。清朝官員林則徐、太平天國的洪仁玕都曾提出過辦報的設想，有的還做了一點實踐，不過都不成氣候，中國人辦報的第一高潮是康梁維新變法時期。在這個時期，中國人不但自己創辦了大量的報紙，而且形成了初步的新聞理論。所以，我們可以把維新運動時期的報刊實踐及其理論總結視為中國新聞事業的初始狀態。在中國人對報刊的最初實踐和理論總結

中，梁啟超的成就最大。所以，梁啟超的新聞實踐和新聞理論又可以說是中國新聞事業初始狀態時的傑出樣本。

梁啟超的新聞實踐集中地體現了中國最初一代新聞人極為可貴的責任感和事業心，梁啟超的新聞理論也反映了那一代新聞人對新聞的認識和理解。他們對新聞事業的認識和理解，有正確的深刻的一面，但同時，他們對新聞事業的理解也有一些偏差。出現這些偏差，在當時是有各種各樣的原因的，我們無法苛求前輩。但我們可以肯定的是，前輩的這一點點偏差，在後人的實踐中不是被一點點地矯正，而是一次次地被放大。

甲午戰爭失敗後，變法維新的呼聲日高一日，而康有為、梁啟超等維新派宣傳維新思想的一個重要的手段就是辦報紙。1895年8月15日，康有為、梁啟超等人主辦的《萬國公報》在北京創刊。《萬國公報》主要介紹與變法有關的西方情況，發表的文章有〈地球萬國兵制〉、〈地球萬國說〉、〈通商情形考〉、〈萬國礦務考〉、〈農學考略〉、〈報館考略〉等。這些內容在京城引起了極大的震動：頑固派詆毀它，進步官員歡迎它。梁啟超自己說：「報開兩月，輿論漸明，初則駭之，繼亦漸知變法之益。」嚐到辦報甜頭的維新派隨後又創辦了《中外紀聞》、《強學報》、《時務報》、《知新報》、《湘報》、《國聞報》等報刊。這些報刊中，以《時務報》影響最大。

《時務報》創刊之時，年僅二十三歲的梁啟超任總主筆，他全身心地投入到辦報之中。創刊之初，報館人手少，梁啟超一人負責全部編撰事務，工作異常繁重。他自己的記述是：「六月酷暑，洋蠟皆化為流質，獨居一小樓上，揮汗執筆，日不能遑食，夜不能遑睡。記當時一人所任之事，自去年以來，分七八人始乃任之。」也就是說，創刊之初，梁啟超一個人就幹了七、八個人的活兒，其敬業之精神由此可見一斑。

《時務報》之所以影響重大是跟梁啟超的政論文章密不可分的。梁啟超在《時務報》上撰寫的政論，呼籲變法圖強，文字

暢達，觀點新穎，激情四溢，被傳誦一時，後人稱之為「時務文
體」。

在新聞理論上，以梁啟超為代表的維新派從多方面闡述了報
紙有益於國家的作用，他們把報刊的作用和國家的興衰緊緊連在
一起。梁啟超在《時務報》上發表的第一篇政論就是〈論報館有
益於國事〉，在這篇政論中，梁啟超詳細闡述了報刊在「通上下
之情」、「通中外之故」、開啟民智、開通風氣等多方面的重要
作用。他們提出報紙是「國之利器，不可假人」的重要觀點。他
們還呼籲朝廷允許報刊「上自朝廷之措施，下及閭閻之善惡，耳
聞目見，莫不兼收並論。」用現在的話說這是在向「上面」要求
擴大報導範圍：不論是官方的政治決策，還是街頭發生的「熱線
新聞」，我們媒體都有權做報導。這種氣魄不是也很值得今天的
新聞人學習嗎？如果梁啟超等維新派習慣於光聽「上面」的「招
呼」，怎麼敢半是建議半是批評地對「朝廷」指手劃腳？

不僅如此，梁啟超還把報刊對國家的作用形象地稱之為「耳
目喉舌」，提出了有名的「耳目喉舌」說。（現在人們稱新聞工
作者是黨的「喉舌」，顯然是從梁老前輩那裏套用過來的。）譚
嗣同等人進一步將報刊稱之為「民口」、「萬民之喉舌」。維新
派斥責從秦至明歷代封建統治者鉗制「民口」的暴行。他們激烈
地宣佈，有了報刊，民眾將不再會被「喑之」、「啞之」如禽
獸。這表明，從那時起，新聞工作者就認識到了媒體在維護公眾
知情權方面的重要作用，並進而提出了言論自由的要求。這實在
是難能可貴的。

維新變法失敗後，梁啟超流亡到國外，他在國外接觸到了
大量西方社會的政治學說和新聞理論，所以又在新的高度上豐富
了他的新聞理論。這個時期，他提出了著名的「兩大天職」說。
1902年，他在《新民叢刊》第十七期上發表〈敬告我同業諸君〉
一文，提出「報館有兩大天職：一曰對於政府而為其監督者，二
曰對於國民而為其嚮導者」，並就此進行了詳細的論述。他說：

「政府者，受公眾之委託，而辦理最高團體之事業者也。非授全權，則事固不可得舉。然全力既如此重且大，苟復無以限制之，則雖有聖智，亦不免於濫用其權。」而「報館者，非政府之臣屬，而與政府立於平等之地位者也。不寧惟是，政府受國民之委託，是國民之雇傭也，而報館則代表國民公意以維公言也。故報館之視政府，當如父兄之視子弟。其不解事也，則教導之；其有過失者，則撲責之……」這種監督政府的主張顯然比他初期的「宣上德達下情」大大地前進了一步。至於「嚮導國民」，他說：「鑒既往，示將來，導國民以進化之途」。在〈清議報一百冊祝辭〉中，梁啟超還提出了判斷報紙「良否」的四個標準：一是「宗旨定而高」，二是「思想新而正」，三是「材料富而當」，四是「報事速而確」。在這篇文章中，他還盛讚「思想自由、言論自由、出版自由」，「此三大自由者，實惟一切文明之母」，這顯然又在爭取自由的道路上向前邁出了一大步。

梁啟超的上述言論，發表在百年之前。可今天讀來，仍有著極強的現實意義。百年之前，梁啟超就對新聞媒體的定位有如此清晰的認識，我除了對梁前輩產生深深的敬意之外，一絲悲哀也不由自主地湧上心頭。社會學家何清漣曾經寫過一篇文章，題目是〈我們仍在仰望星空〉，她仰望的是美國社會制度的最初設計者們；現在我讀梁啟超先生百年前對新聞的一些論述，我的心情也可用「仰望星空」來形容。百年時光，本該人才輩出，而後人對前輩的最好紀念就是在事業上超越前人，此所謂「長江後浪推前浪」是也。可縱觀我國百年新聞，梁啟超先生還仍然是一座不可逾越的山峰。起碼是新聞理論方面，梁啟超先生仍然是一位泰山北斗級的人物。對此，我們是該說梁先生太偉大呢？還是該說後人太平庸？還是該說社會環境對新聞人太嚴酷？或許，各種因素都有吧。

當然，以梁啟超為代表的維新派的新聞實踐及理論總結有其積極的一面，同時也存在些偏差。我覺得，新聞事業傳入中國後

所發生的最大的偏差就在於，包括梁啟超在內的中國最初的新聞人，從一開始就過分地強調了報刊的工具性，即報刊作為政治鬥爭的「利器」這一特質。

中國的報刊出現在中國內憂外患、政治動盪的時局之中，這決定了中國的報刊首先就自覺地定義為政治鬥爭的一種工具，從而凸顯了其「宣傳鼓動」功能。這在當時是有其一定合理性的。但也應該看到，媒體過多地承擔「宣傳鼓動」功能，過多地介入到政治鬥爭之中，勢必自覺不自覺地削弱了其他功能——比如娛樂大眾的功能、傳播資訊的功能、倡導生活時尚的功能等等。更為關鍵的是，維新時期的報刊因其承擔的是變法「鼓動家」的角色，所以，中國的新聞事業從其初始階段就部分地偏離了資訊傳播學的軌跡，使中國的新聞事業從初始階段就打上鮮明的「中國特色」。按照現代的新聞理念，新聞學更多的應屬於傳播學的範疇，它的最重要的功能是客觀地傳播資訊而不是情緒激昂地「宣傳、鼓動」。正是基於這種理念，新聞寫作要恪守「真實客觀」的原則，儘量避免作者感情的直接介入。可是，梁啟超的時務文體卻不是這樣的。梁啟超自己總結時務文體的特點有三個：其一為「縱筆所至，略不撿束」；其二為「務為平易暢達，時雜以俚語、韻語、及外國語法」；其三為「筆鋒常帶感情」。也就是說，梁啟超是十分看重時務文體的鼓動性的。而且，為了起到宣傳鼓動的作用，維新派的報刊常常在新聞報導中採取夾敘夾議的方式，隨時表明作者和編者在某些問題上的立場觀點，這顯然與現代新聞的寫作要求相去甚遠。所以說，如果認定梁啟超為代表的維新派的新聞活動為中國新聞事業的初始狀態，那麼也就可以說，中國新聞事業的初始狀態是：自覺地以「宣傳」為定位，以情緒「鼓動」替代資訊「傳播」。梁啟超等前輩對新聞的這種最初的偏差和錯位，放在當時內憂外患的特定時局之下是可以理解的。可這種最初的錯位所造成的蝴蝶效應，卻一直深刻地影響了我國新聞事業的實踐和理論走向。在維新變法之後的歷次革命和

運動中，政治力量對新聞事業的實踐一直沿著維新時代「宣傳、鼓動」的思路發展下去。到今天，這種蝴蝶效應所造成的負面影響還沒有得到徹底的消除與矯正。

「取其精華，去其糟粕」，這話常常被中國人掛在嘴上。可到了實踐中，我們卻一次一次地走向了它的反面。幸乎？不幸乎？是個人之不幸還是國家之不幸？是前輩之不幸還是今人之不幸？……歷史只會給我們感慨，卻不負責給我們答案。答案還得問今人自己，今人回答不了的，就只有留給後人了——反正一位偉人說過，後人總比我們聰明。

啟蒙的艱辛

——中國近現代新聞思潮隨想

一

　　近代新聞事業傳入中國之日，恰是中國積貧積弱之時。鴉片戰爭之前，清廷腐敗，民不聊生。當此時，「老大帝國」與「東亞病夫」是外國列強對清廷及其治下的臣民的形象概括，這兩個說法雖然帶有侮辱性質，但也比較準確地說明了當時中國所面臨的嚴酷現實：官員昏聵，臣民愚昧，昔日以泱泱帝國自居的「大清」已經氣息奄奄了。在這種情況下，如何儘快地使國民擺脫愚昧、使國家擺脫落後變得強大就成了擺在中國先進知識份子面前極為迫切的命題。思想啟蒙和富國強兵，兩個重擔從此落在了中國的知識份子的肩頭。

　　思想啟蒙是知識份子的責任，而富國強兵是所有中國人的夢想；思想啟蒙是一聲聲的吶喊，是一場場的振臂高呼；而富國強兵是一個又一個的現實參與過程，是一次又一次小心翼翼的權衡取捨；思想啟蒙是要讓人民覺醒，是為了讓作為個體的中國人懂得爭取和維護自己做人的尊嚴與權利；而富國強兵是對國家的真誠期盼，是為了讓中國再一次在世界的東方崛起。

　　思想啟蒙的吶喊和富國強兵的夢想在邏輯上有著高度的一致性：沒有健康健全的國民，就無法建立起繁榮富強的國家；同理，沒有繁榮、富強、文明的國度做後盾，個人的尊嚴和權利便

缺少足夠的保障。健康聰慧的國民在為國家貢獻著自己的才華，強大、文明的國家則充分地保障「國民」的個人權利並為他們施展才華提供著巨大的舞臺。這是一幅多麼誘人的社會政治圖景呀。我確信，從孫中山到毛澤東，從梁啟超到陳獨秀……一代又一代的仁人志士都站在中國現實的土地上眺望過祖國未來的地平線。

啟蒙的吶喊和愛國的激情，實在是中國知識份子揮之不去的兩個「情結」。這兩個情結刻寫在歷史的縫隙裏，在許多文化領域都留下了令人回味不已的話題。新聞領域自然也不例外。

就像大海有潮起潮落一樣，各種思潮也往往存在著此消彼長的演進關係。尤其值得注意的是，在歷史漫長的演進中，在各種勢力紛繁複雜的影響之下，一些雖然在邏輯層面上具有一致性的兩股思潮，在具體發展的過程中卻可能橫生出諸多變數。

世事如棋，可文化思潮的演進過程，往往比棋局更複雜，更耐人尋味。

二

1815年，英國傳教士馬禮遜、米憐在麻六甲創辦了世界上第一份近代中文雜誌《察世俗每月統計傳》，到1833年，英國傳教士郭士立在廣州創辦了《東西洋考》，這才是第一份在中國境內出版的中文報刊。隨後，不斷有傳教士在中國創辦中文報刊。鴉片戰爭後，外國傳教士在中國辦報形成了一個小高潮。到1894年，外國人在中國創辦的報紙已經達到了五十多種。外國傳教士辦的報紙當然含有傳播基督教、為列強對中國的文化征服服務的色彩，但同時，它也對中國的新聞事業起到了刺激和示範的作用，通過借鑒傳教士們的辦報經驗，到了甲午中日戰爭前後，中國人終於揭開了自辦報刊的新篇章。

　　在中國的第一代報人中，王韜無疑是最傑出的，他所主編的《循環日報》開創了中國政論的先河。面對國家積貧積弱的現狀，王韜闡述了中國當時面臨的「強鄰環視，伺隙而動」的嚴峻局勢，揭露了俄、日、英、法等國的侵華野心，認為眾志成城、團結禦辱是中國的當務之急。為了達到「強國」的目的，王韜在《循環日報》的政論中提出了開礦、造船、製炮、墾荒、練兵等主張。至於在思想啟蒙方面，王韜雖然也提出了報紙在「通上下」、「博採輿評」方面的重要作用，要求朝廷要勇於聽取庶民們的哪怕是有點狂妄的意見，但對於最根本的政治體制，卻極少觸及。他甚至認為中國的封建道統是「至高無上」的，外國的長處不過「偏於器之一端耳」。

　　既想學習西方的優長，又對本國落後的政體和所謂的「傳統文明」抱有足夠的迷戀。中國第一代新聞人的這種矛盾的心態，導致「愛國」和「啟蒙」這兩個主題從一開始就出現了某種程度的不和諧：愛國強國之情極切，可觀事洞理卻不足以極明。在愛國夢想的驅使之下，學習先進科學技術的主張無比堅決；也是在「愛國」思想的支配下，又不免愛屋及烏，看自己臉上的瘡疤竟也「燦若桃花」起來。以王韜為例，他長期在英國傳教士的文化機構工作，旅居香港多年，並遊歷英、法、日諸國，熟悉外國社會的政治、經濟、文化，這使他能比同時代的人看得更高更遠。但是，他所醉心的「西學」，主要還局限在能直接為富國強兵服務的科學技術上。他在《循環日報》上所發政論的著眼點也只是「審察火器之妙用，推求格致之精微」。其實，當時的英法兩國已然是近代啟蒙思想家的誕生地了，可對這些名震世界的啟蒙著作，王韜卻在政論中極少提及。與之形成鮮明對比的是，在西方國家的啟蒙思想已經蓬勃興起的情勢下，王韜到了英國之後還繼續表示：「孔子之道，人道也。有人有此道。人類一日不滅，則其道一日不變。」這樣的話在今天看來當然荒唐，可在當時的「主流人士」眼裏，這話多麼鏗鏘有力，多麼褒揚「中國傳統文

化」，多麼「愛國」呀。其實，這樣的毛病不僅王韜那一代的知識份子有，當今的國人也有。前兩年有人大肆弘揚國學，並聲稱「二十一世紀是中國的世紀」云云，就與此類似。

當然，也不能排除，王韜當年之所以說外國的長處不過「偏於器之一端耳」是處於一種策略上的考慮。這樣說的一個證據就是，有學者曾指出，王韜曾在自己晚年編訂的自己的文集中對西方的議會制度──特別是英國的君主立憲制度──很推崇。若果真如此，那除了說明王韜的思想比他在《循環日報》的政論所體現出的更深刻之外，好像還能說明一件事，那便是：中國的近代知識份子是很早就不得不說違心話、做違心事的了。

三

與王韜相比，梁啟超的思想顯然要深刻得多。

至維新變法時期，作為思想啟蒙之大家的梁啟超登上了歷史舞臺，他在中國思想史和新聞史上的意義遠非一篇短文所能說清的。他一方面繼承了王韜開創的「文人論政」的政論傳統，另一方面，則在思想啟蒙方面做出了傑出的貢獻。

梁啟超二十三歲即擔任《時務報》總主筆，他在《時務報》上撰寫的政論，呼籲變法圖強，文字暢達，觀點新穎，激情四溢，被傳誦一時，後人稱之為「時務文體」。就報刊的作用，梁啟超在《時務報》上發表的第一篇政論就是〈論報館有益於國事〉，在這篇政論中，梁啟超提出了有名的「耳目喉舌」說（現在人們稱新聞工作者是黨的「喉舌」，顯然是從梁老前輩那裏套用過來的），他斥責從秦至明歷代封建統治者鉗制「民口」的暴行，呼喚給國民以言論自由。

維新變法失敗後，梁啟超流亡到國外，他在國外接觸到了大量西方社會的政治學說和新聞理論，所以又在新的高度上闡述了

豐富了他的新聞理論。這個時期，他提出了著名的「兩大天職」說。1902年，他在《新民叢刊》第十七期上發表〈敬告我同業諸君〉一文，提出「報館有兩大天職：一曰對於政府而為其監督者，二曰對於國民而為其嚮導者」，並就此進行了詳細的論述。他說：「政府者，受公眾之委託，而辦理最高團體之事業者也。非授全權，則事固不可得舉。然權力既如此重且大，苟復無以限制之，則雖有聖智，亦不免於濫用其權。」而「報館者，非政府之臣屬，而與政府立於平等之地位者也。不寧惟是，政府受國民之委託，是國民之雇傭也，而報館則代表國民公意以維公言也。故報館之視政府，當如父兄之視子弟。其不解事也，則教導之；其有過失者，則撲責之……」這種監督政府的主張顯然比他初期的「宣上德達下情」大大地前進了一步。至於「嚮導國民」，他說：「鑒既往，示將來，導國民以進化之途」。在〈清議報一百冊祝辭〉中，梁啟超還提出了判斷報紙「良否」的四個標準：一是「宗旨定而高」，二是「思想新而正」，三是「材料富而當」，四是「報事速而確」。在這篇文章中，他還盛讚「思想自由、言論自由、出版自由」，「此三大自由者，實惟一切文明之母」，這顯然又在爭取自由的道路上邁出了一大步。

梁啟超偉大之處不光表現在他的新聞思想上。他主編的《時務報》上還發表了汪康年、嚴復等人的文章，闡述了「復民權」、「開議院」等資產階級的民主主張。梁啟超本人預言：「不及百年，將舉五洲而悉惟民之從」，中國也不能「獨立而不變」。由此可見，以梁啟超為代表的維新派已經將變法圖強與思想啟蒙結合在了一起。

依然是面對著中國積貧積弱的現實，康有為、梁啟超等人不僅積極闡明變法圖強的迫切性與合理性，而且還將這種迫切性和合理性提到了社會進化和爭取國民權利的理論高度。在梁啟超那裏，已經將作為國家的「政府」和作為個人的「國民」做了明確的區分，並初步釐定了現代媒體在「政府」與「國民」之間應

充任的角色。不僅如此，梁啟超還對愛國與民權這一問題做了經典性的論述。他從《清議報》第六期起發表題為〈愛國論〉的政論，文章強調，要民眾愛國，就必須革除君主專制，伸張民權。「國者何？積民而成也。」「愛國者何？民自愛其身也。」「故民權興則國權立；民權無則國權亡。」「故言愛國，必自興民權始。」為了興民權，梁啟超還提出了一個新概念「國民」。他說，中國幾千年通行之語，只知有「國家」，不知有「國民」。「國者，積民而成，捨民之外，則無有國。」此後，梁啟超又發表了〈國民十大元氣論〉、〈少年中國說〉等名篇，號召人們破除「中國老朽之冤業」。梁啟超的這一系列文章發表後，人們爭以「國民」自許，群起批判「奴隸」思想。他的這些思想，對後來的五四新文化運動都產生過很深刻的影響。陳獨秀在1916年發表的〈吾人最後之覺悟〉一文中說：「必棄數千年相傳之官僚的、專制的個人政治，而易以自由的、自治的國民政治。」胡適更是用這樣的語言表述過愛國與「民權」之間的關係：「現在有人對我說，為了國家的自由，必須犧牲個人的自由。我的回答則是：爭個人之自由，就是爭國家之自由，爭個人之人格，就是爭國家之人格。」

在梁啟超的帶動下，當時維新派的許多報刊都在思想啟蒙史上寫下了輝煌的一筆。舉例更容易說明這一情況。《湘報》是維新派在1898年3月創辦的一家近代報紙，宣傳變法圖強和進行思想啟蒙是這個報紙最重要的兩個特色。針對愛國救亡，《湘報》從創刊號開始就詳細報導德國侵佔膠州灣的強盜行徑，此後，對俄、法等國的侵華活動也做過大量的報導（如揭露俄國強索旅順、大連的〈大局可危〉，報導英、法等國爭相劃分勢力範圍的〈大局日危〉等）。它通過揭露帝國主義侵華陰謀，沉痛昭告「焚如之災，迫於旦夕」，號召國民「同心合作，上下一心，保神明之冑於一線，救累卵之危於泰山」。在思想啟蒙方面，《湘報》在猛烈地抨擊封建專制思想的同時，對民權、平等等觀念進

行了積極的宣傳，它發表譚嗣同、唐才常、樊錐、何來保等人的政論，響亮地提出了「人人平等」的口號，稱：「權也者，我與王臣卿相共之者也；國也者，非獨王侯卿相之國，即我群士群民共有之國也。」還以與封建制度徹底決絕的態度指出，自秦漢兩千多年來的帝王將相都是「私天下」的「民賊」，正是由於君主專制和封建等級制度，才使「平等亡，公理晦，而一切慘酷蒙蔽之禍，斯萌芽而浩瀚矣」。對於學習西方，《湘報》除了介紹人家的自然科學之外，認為「西方諸國」之所以富強，在於「自會盟、征戰、爵賞、刑律，下逮閭巷纖悉之事，無不與國人共謀之，而大旨趨重於全民生，去民害，保民權」。因此，中國欲救亡圖強，就必須「毅然破私天下之猥見，起四海之豪俊，行平等民權之義」，「貴民、重民、公權於民」，「從此一切用人行政，付之國會議院，而無所顧惜」。這些言論顯然是有著極強的民主啟蒙色彩的。

總而言之，梁啟超先生在思想啟蒙方面是有著巨大的歷史貢獻的。對此，李澤厚先生在《中國近代思想史論》中說：「這些廣泛而富有成效的啟蒙宣傳工作是如此不可抹殺，它幾乎抵消了梁一生的錯誤和罪過而有餘。」

當然，以梁啟超為代表的資產階級維新派的新聞實踐也有偏差之處。他們的新聞實踐從一開始就過分地強調了報刊作為政治鬥爭的「利器」這一特質，凸顯其「宣傳鼓動」功能，從而自覺不自覺地削弱了現代傳媒的其他功能——比如娛樂大眾的功能、傳播資訊的功能、倡導生活時尚的功能等等。按照現代的新聞理念，新聞學更多的應屬於資訊傳播學的範疇，它最重要的功能是客觀地傳播資訊而不是情緒激昂地「宣傳、鼓動」。關於這一點，筆者曾撰〈新聞事業的蝴蝶效應〉（見2003年第五期《隨筆》雜誌）一文做過詳細闡述，在此就不再多說了。總之，即便康梁維新派能在愛國強國與思想啟蒙之間找到契合點，並將二者較好地結合在一起，他們的新聞實踐也仍然存在著缺憾：致使中

國的新聞事業從其初始狀態就部分地偏離了資訊傳播學的軌跡，打上了鮮明的「中國特色」。可惜的是，這種缺憾在後來的新聞實踐中並沒有得到徹底的矯正，直到今天還影響著我們。當然，這是後話了。

四

同是為了富國強兵，同是為了爭民權，可是由於「路徑」選擇的不同，爭論便不可避免。以孫中山為首的資產階級革命派，與以康有為、梁啟超為代表的資產階級改良派之間所發生的那場著名的論戰就是這樣。

雖然在這次論戰中雙方都使用「惡毒」的辭彙抨擊對方，雖然兩派對中國的前途命運有諸多不同的看法，但是，一個共同點還是很顯然的，那就是：兩派都反對封建專制，兩派都希望中國儘快強大。康有為和梁啟超被「體制」接納過，對「朝廷」還抱有幻想，希望在「體制」內探求「改革」的「合法」路徑，所以便不希望看到「流血」的革命，認為那樣代價太大了，而且容易破壞「穩定」大局，對中國的發展不利；而孫中山從沒有被「體制」接納過，同時又看到「大清」允諾的「立憲」遲遲不實行，因而對「滿清」徹底絕望了，他認為，在現有的「體制」之下，中國已斷無發展進步的可能，要實現富國強兵的夢想，要還國民以應有的權利，必須從「體制」之外尋找出路，必須以「革命」的手段推翻舊政權、舊制度。

在中學的歷史課本上，一直是把康、梁等改良派的言論視為「反動」，原因自然是他們反對偉大的革命先行者孫中山先生和他領導的革命了。其實，問題沒有這麼簡單。論戰本身是一個互動的過程，雖然革命派最後取得了勝利，但這並不意味著改良派

的所有主張都沒有可取之處，更不意味著革命派的所有觀點都無懈可擊。

讓我們對這場論戰進行一下大體的梳理。革命派以《民報》為「據點」，改良派以《新民叢報》為「據點」，雙方就中國的前途問題展開了一場長達六年的論戰（自1901年8月始，至1907年11月終），歸納起來，論戰主要是圍繞著以下幾個問題進行的：第一，要不要「排滿」革命？第二，革命會不會引起帝國主義的干涉？第三，要不要平均地權？當然，這些爭論最後歸結為一點：到底要不要用「革命」的手段推翻清王朝？

針對第一個問題，改良派認為，滿人入關已經三百多年，早與漢族「同化相安」了，沒必要進行「種族革命」（這裏的「種族」應做「民族」解，筆者注）。相反，在當時中國內憂外患的情況下，應該「上下一心」，「滿漢團結」，共禦外辱。同時，為了打擊對方，改良派抓住革命派「革命排滿」的口號大做文章，說「排滿」就是要把滿人殺光，這就有點「妖魔化」革命派的味道了；在「排滿」這個問題上，革命派的一些人中確實有「民族情緒」，但不是主流，更沒有那麼嚴重。對此，孫中山說：「我們並不是恨滿洲人，是恨害漢人的滿洲人。」章太炎也說：「排滿洲者，排其皇室也，排其官吏也，排其士卒也。若夫列為編氓，相從耕牧，是滿人者，則豈止欲刃其腹哉？」也就是說，「排滿」的目標不是一般的滿人，而是把持政權、欺壓漢人的滿族權貴。但是，我們也應該看到，革命派「排滿」口號的提出確實是欠斟酌的，它不僅給對手提供了攻擊的口實，而且也容易轉移鬥爭的目標。當時壓迫包括漢人在內的中國人的勢力主要不是「滿人」，而是封建政權，從這個意義上講，「排滿」這個口號確實沒有抓住問題的要害。

針對第二個問題，革命派持樂觀的態度，他們認為，只要控制住革命形勢的發展，把群眾性的「自然暴動」改造成「有序的革命」，帝國主義就不會來反對。改良派在這個問題上持悲觀態

度。他們認為，帝國主義為了維護在中國的既得利益，不會對觸及到利益再分配的革命坐視不管，所以干涉是不可避免的。後來的事實證明，改良派在這個問題上有先見之明。不過，因為害怕外人的干涉就不敢革命，這樣的態度也是不足取的。

再看第三個問題。革命派從底層體驗和理想訴求的角度出發，看到了清王朝土地私有所衍生出的為富不仁、官商勾結和民不聊生，為矯正這種狀況，提出了「土地國有」、「節制資本」和「平均地權」等一系列治國方略。改良派則對這些帶有以往農民起義「均貧富」色彩的主張，抱有深深的憂慮和足夠的警惕。梁啟超一再申述，政治革命與社會革命絕不可能「並行」，鼓吹社會革命會煽動流氓無產者——「賭徒、小偷、乞丐、流氓」起來「荼毒一方」，「以野蠻之力，殺四萬萬人之一半」。同時，他堅決反對「平均地權」、「節制資本」等政策，理由是：當時的中國社會不存在歐美那樣的貧富懸殊現象，中國的問題是大家都「患貧」。因此，他極力主張「策中國今日經濟界之前途，當以獎勵資本家為第一義」，惟有獎勵資本家，「使其事業可以發達以與外抗，使他之資本家聞其風、羨其利，而相率以圖結集，從各方面以抵擋外境之潮流」，中國的經濟才能得到較好的發展。如果實行「平均地權」、「節制資本」的政策，就會壓抑私人增長財富的「動機」，截斷民族資本主義發展的去路，而為「他國之大資本家入而代之」大開方便之門，一旦「彼大資本家既占勢力以後，則凡無資本主義者或有資本而不大者，只能宛轉痕死其腳下，而永無復甦之一日」。在這裏，梁啟超把革命派主張的帶有「均貧富」色彩的政策可能帶來的某些後果，與中國民族資本主義的命運聯繫起來考慮，應該說，目光是十分深遠的。可惜的是，他的這些思想並沒有引起論戰對手及以後的「革命者」們足夠的重視。

縱觀整個論戰，以孫中山為首的革命派固然贏得了最後的勝利（作為改良派的喉舌，《新民叢報》於1907年11月宣佈停

刊，標誌著這場論戰以改良派的失敗而告終）。但是，與其說革命派是勝在了見識高明上，不如說是勝在了勇氣可嘉上。人們常說「智勇雙全」，這是一種理想的境界。反觀當年資產階級革命派和改良派的這場論戰，我們就會發現一個耐人尋味的現象，在「智」的層面，改良派佔優勢，他們對很多問題的看法往往更周到、更縝密，也更具有深遠的憂患意識；可在「勇」的層面，革命派佔優勢，他們與清王朝的那種決絕的態度以及那種天不怕地不怕、必欲棄舊圖新的勇氣，永遠激勵著後人。可以說，這是一場「智」與「勇」的較量，它是思想大師們的一局高潮迭起的對弈，它給後人們留下了極為寶貴的精神財富，也提供了一個極為廣闊的思考空間。對於論戰雙方的得失，不是用「激進」與「守舊」、「先進」與「反對」、「革命」與「保皇」之類簡單的定性就能概括的。

不過有一點是可以肯定的：論戰進一步推動了啟蒙思想在中國的傳播，進一步喚醒了國人對家國命運的廣泛關注，也使民主共和的觀念逐步深入人心。這些不僅為隨後到來的辛亥革命做了宣傳動員，而且也為更深入更廣泛的思想啟蒙和反帝救亡運動──五四新文化運動──傳遞了思想火種。在歷盡波折的歷史進程中，思想啟蒙就這樣在知識份子的手中一代一代地薪火相傳，中國人的愛國激情和強國夢想也就在這樣的薪火相傳中生生不息。思想啟蒙的力度可以有強有弱，強國的「路徑」設計可以千差萬別，但是，中國知識份子那種「天下興亡匹夫有責」的觀念、那種悲天憫人的情懷、那種憂國憂民的責任感，是永遠不變的。可以說，這是近現代優秀的思想家留給當今知識份子的一份精神「遺產」，只是不知，經過若干代的「篩選」，這份精神「遺產」還存留多少？如果說「忘記歷史意味著背叛」的話，那麼真希望今人對這段歷史不要忘得太多，太快。

五

　　提思想啟蒙與強國夢想，無論如何都繞不過「五四」運動。「五四」運動包涵兩個層面：一個便是歷史教課書上定性的「反帝愛國運動」，另一個便是以「民主」與「科學」為主題的思想啟蒙運動。關於這一點，李慎之先生在〈重新點燃啟蒙的火炬——五四運動八十年祭〉一文中這樣闡釋：「『五四』運動從來就有寬窄二義。窄義的『五四』運動是指1919年5月4日那一天北京的幾千學生，以北京大學為首，遊行到天安門，喊著『內除國賊，外抗強權』的口號，開大會，發傳單，反對北洋政府出賣主權……廣義的大體上是指從1915年起陳獨秀在上海創辦《青年》雜誌（次年即改稱《新青年》），反對舊禮教，提倡『民主』與『科學』的新文化運動。這場新文化運動因為『五四』學生運動的聲威以及繼起的歷次群眾運動而影響日益擴大，總的來說，它確定了中國要走向現代化的目標。」

　　李慎之先生的評價可謂中肯之言。「五四」運動以雷霆萬鈞之勢打碎了中國幾千年來的封建禮教，響亮地提出了「德先生」和「賽先生」的口號，在中國的思想文化史上具有劃時代的意義。

　　其實，陳獨秀領導的這場新文化運動，在其早期與梁啟超、嚴復等人的啟蒙思想有著很大的師承關係——在精神氣質上，思想啟蒙總是以民主和理性的精神反對盲從、愚昧的專制主義。1915年9月，陳獨秀在《青年》雜誌的創刊號上發表了〈敬告青年〉一文，這篇經典性的文獻對青年提出六項主張：「自主的而非奴隸的」、「進步的而非保守的」、「進取的而非退隱的」、「世界的而非鎖國的」、「實利的而非虛文的」、「科學的而非想像的」。隨後，他又發表了〈一九一六年〉、〈吾人之最後覺

悟〉等文章，高舉民主和科學的旗幟，批判孔教，積極傳播西方自由、平等、獨立、人權等思想，號召青年人擺脫封建思想的羈絆，創造新生。陳獨秀的主張很快就得到了先進知識份子的呼應。易白沙撰文〈孔子平議〉，抨擊孔子「尊君權，漫無邊際，易演獨夫專制之弊」，「講學不許問難，易演思想專制之弊」，打響了反對孔教的第一槍。隨後，陳獨秀也撰文指出：中國封建禮教的別尊卑、分階級的「三綱五常」之說，與西方「獨立、平等、自由」原則「絕對不相容」，「存其一必廢其一」。至1917年，《新青年》雜誌遷至北京，陳獨秀到北大任「文科學長」，新文化運動更是以不可阻擋之勢發揚光大。李大釗、錢玄同、胡適、魯迅、劉半農、沈尹默等文化巨匠紛紛投身這場思想啟蒙的新文化運動，中國思想史上的又一個黃金時代來臨了。這場運動在思想啟蒙的同時，還在文學領域掀起了一場革命並最終廢除了文言文，確立了現代白話文的地位，從而開創了文學史上的一個新時期。

　　需要指出的是，在「五四」運動的初期，陳獨秀輩與梁啟超輩、孫中山輩明顯不同的一點是，「五四」一代的人對自己「智識分子」的身份是有著清醒的認識的。他們進行思想啟蒙的興奮點是文化，而非政治。陳獨秀就曾明確表示過「批評時政，非其旨也」，他們的目標是在文化上棄舊圖新，改造國民性。之所以做這種考慮有兩個原因，其一，參與「五四」新文化運動的主要人物在最初都不是「政治人物」，他們的職業是教授、作家、學者和學生，是純粹的「智識分子」，他們不做依靠民眾改朝換代進而執掌政權的打算；其二，他們做這樣的選擇也是因為他們看到了洋務運動、維新變法以及辛亥革命等歷次「政治運動」的局限性。因為他們比梁啟超輩和孫中山輩更少「政治慾望」，所以他們便能在思想啟蒙方面走得更遠更徹底。對於後一點，陳獨秀在〈一九一六年〉中寫道：「吾國歷年來之政象，惟有黨派運動，而無國民運動也……不出於多數國民之運動，其事每不易成

就;即成就矣,而亦無益於國民根本之進步。」在〈吾人之最後覺悟〉中,他又說:「今之所謂共和、所謂立憲者,乃少數政黨之主張,多數國民不見有若何切身利害之感而有所取捨也……立憲政治而不出於多數國民之自覺、多數國民之自動,惟曰仰望善良政府、賢人政治,其卑屈陋劣,與奴隸之希冀主恩、小民之希冀聖君賢相施行仁政,無以異也。」這樣的批判可謂切中了維新變法和辛亥革命失敗的要害。

一項改革也罷,一場革命也罷,如果不是從「國民」的本位出發,而只是把「國民」當作一種實現目標的手段,那麼,「多數國民」就無法從這樣的改革和革命得到民主權利和個人自由。即便這樣的改革和革命成功了,「多數國民」被動的、配角的身份仍然不會改變,他們的命運也依然要讓少數人來掌控。正是基於這種清醒的認識,「五四」新文化運動的參與者們決定將更多的精力放在國民性的改造上,把中國進步的希望放在思想啟蒙上。他們意識到,惟有啟發「多數國民」的靈魂,使他們擺脫封建專制舊思想的束縛,接受民主和科學的新思想,從而「自覺」、「自動」地爭取自己的權利和自由,中國人才能真正成為「人」,中國也才能真正進步、強大。這種民主、自由的思想是「五四」運動的總基調,也是「五四」一代「智識分子」留給中國的最可寶貴的精神財富。作為「五四」時期新文化運動的主將,魯迅先生一直堅持「立人」的思想,堅決徹底地揭露封建禮教的「吃人」本質,孜孜以求地致力於醫治國民的劣根性,他的思想的深刻性就在於對「五四」啟蒙精神的最準確的把握和發揚。

可是,問題的複雜性在於,雖然「五四」新文化運動的領導者和參與者有意與政治生活保持一定的距離,雖然他們對自己進行的思想啟蒙活動有著充足的自信,但是,在風雲激蕩的歷史進程中,在紛繁複雜的時代格局下,當國家主權遭受侵害,救亡的任務變得更為迫切之時,原本「立人」、「爭人權」的思想啟

蒙運動還是不得不被「爭國權」、「懲國賊」的愛國衝動和反帝吶喊所壓倒。當巴黎和會上傳來的消息令富有愛國激情的北大學生群情激昂的時候，當幾千名大學生走上北京街頭遊行示威的時候，當趙家樓被熊熊的火光籠罩的時候，當作為新文化運動主帥的陳獨秀也走上街頭散發傳單的時候⋯⋯這就意味著：以「民主」與「科學」為主題的、致力於思想啟蒙的一場文化運動，最終還是與一場以反帝愛國、救亡圖存為主題的政治運動合二為一了。這場原本與政治與現實利害保持著必要距離的文化運動最終還是沒能抵擋得住時局發展的劇烈衝撞。一場以反愚昧、反專制為使命的文化運動變成了一場反帝愛國的政治運動；一項作用於國人心靈和思想的文化工程變成了一項救民族於危亡的政治工程；一次次的啟迪與浸淫變成了一聲聲的吶喊；理性的思考和覺悟變成了熱切的呼號與行動；書齋和頭腦裏的「革命」變成了街頭的遊行和縱火⋯⋯最後，從個性張揚的自由主義走向了熱血沸騰、萬眾一心的集體主義和國家主義。總之，這場運動以專注於文化批判始，以歸附於政治鬥爭終，以「民主」與「科學」為主題的思想啟蒙再次與救亡圖存的愛國激情相碰撞、相糾纏。

按說，思想啟蒙與愛國激情相同步並不可怕，二者在邏輯上並非水火不相容（甚至還可以說是相得益彰的）。可是，在理想的邏輯層面上可能一致的思想啟蒙與愛國激情，在實踐中往往會呈現出令人不勝感慨又無可奈何的不協調之處。林賢治先生在長文〈五四之魂〉中寫道：「在中國，從顢頇的官僚到中學生，從愚魯的武人到遍身油污的工人，很少人不知道『五四』這個名詞，可是對它的意義，則普遍缺乏瞭解的興趣。他們也許會從教科書或報刊那裏得知遊行示威的情節，把洶湧的人潮和趙家樓的火光，當做狂歡節的象徵。實際上，這是新文化啟蒙運動瀕臨結束的信號，甚至無妨視作一場提前舉行的悲壯的葬禮。他們不知道，未曾經過充分的理性啟蒙的革命，潛伏著怎樣的危機；他們

不知道,現代知識份子出師未捷而中途敗績,在多大程度上影響著中國現代化的進程;他們不知道,目下匱乏的,正是當年的運動所竭力爭取的;他們不知道,八十年來,幾代人的命運竟會如此交疊扭結在一起!」

「五四」運動之後,與救亡圖存的聲音越來越強、愛國激情越來越高漲相比,思想啟蒙的聲音變得越來越弱小。就連起初對政治抱有相當警惕的陳獨秀也被推到了時代的「風口浪尖」上,先是熱衷於組建中國共產黨,隨後當了黨的總書記,再後又陷入政治的漩渦不能自拔。當此時,中國時局的發展早已把「五四」一代知識份子所「規劃」的「思想啟蒙」的文化工程衝擊得七零八落了。當初在一個陣營裏的文化巨匠們,也因各種原因相互隔膜起來。也許是為了救民族於危難的革命衝動,也許是為了配合政治形勢的表態跟進,反正,在工農運動轟轟烈烈如火如荼的形勢下,昔日「德先生」、「賽先生」的啟蒙之聲日漸式微,取而代之的是氣沖雲霄的革命激情。在革命工農的大合唱中,愛國主義、集體主義的旋律開始在中國的上空久久回盪。再往後發展,歲月變得越發「激情燃燒」,在愛國主義和集體主義的名義下,個人獨立思考的空間和個人權利訴求的空間被日益壓縮以致竟臻於無。當發展到一個幾億人的大國竟只許一顆頭顱思考的時候,一場民族的悲劇便順理成章地發生了。更令人不可思議的是,這場從頭至尾都是權力和暴力唱主角的滑稽大戲竟打著「文化」的旗號!

「五四」運動是個分水嶺。中國知識份子的命運由此充滿了悖論:在「五四」初期,知識份子是盜取思想火種的普羅米修士,「五四」運動後期,他們中的一部分人高喊著「到民間去」的口號去發動民眾;可是在此後的歲月中,他們在文化啟蒙運動中孜孜以求的「民主」、「科學」、「自由」等「立人」的現代理念竟然長期缺席,取而代之的是打著愛國主義、集體主義的旗號,肆意侵害個人權利的集權主義和專制主義。再後來,角色發

生了重大逆轉，知識份子竟由啟蒙者變成了「被改造」、「被教育」的對象。嗚呼！世事蹉跎，情何以堪。

　　但是，不管怎麼說，「五四」運動的偉大意義都是彪炳史冊的。正如胡適先生所說，「五四」運動最偉大的意義是「人的發現」。它是一場自覺地把個人從傳統力量的束縛中解放出來的運動，它也是一場以科學對抗愚昧、以民主對抗專制、以自由對抗桎梏，從而張揚生命，提升「人」的價值的運動。「五四」運動造就了一大批自由思想家，他們以張揚的個性、深刻的思考、淵博的學識，在中國的思想史和文化史上寫下了濃墨重彩的一筆。「獨立之精神、自由之人格」，他們的人生境界、治學態度以及人文情懷永遠值得後人學習。

前

事今識

中國近現代的新聞往事

第三章

近現代報刊與鴛鴦蝴蝶派小說

一

　　在很多人眼裏，「鴛鴦蝴蝶派」這個稱呼幾乎就是鐵定的貶義詞——才子佳人的纏綿小說，能有什麼意思？「總的傾向是很腐朽的」嘛。

　　這也難怪，「正規」的文學史向來是不屑討論蝴蝶鴛鴦派小說的，實在回避不了，也只寥寥幾筆，一帶而過。比如，一本大學教科書中這樣說：「『蝴蝶鴛鴦派』小說起於1908年左右，辛亥革命後期開始興盛。它反映了當時封建階級和買辦勢力對文學創作的要求，是和半殖民地的上海社會風尚相適應的。它本身並非一個文學團體，只是由於這些作者的文學主張、作品的內容和風格大抵相同，因而形成的一種文學流派。誠如魯迅所描繪的那樣：『佳人和才子相悅相戀，分拆不開，柳蔭花下，像一對蝴蝶，一雙鴛鴦一樣』。其中較著名的有包笑天、周瘦鵑、陳蝶仙、徐枕亞等。大都是既編輯又創作，有的更兼翻譯。『鴛鴦蝴蝶派』的文學主張是趣味第一，主要描寫婚姻問題，但他們所寫的婚姻問題絕非為了揭露和批判封建制度的不合理，而是玩弄愛情。雖然在少數作品中也反映了一定的社會內容，但它們總的傾向是很腐朽的。『鴛鴦蝴蝶派』的有些作家在翻譯外國作品上，倒是做出了一定的成績。」[①]如此評價鴛鴦蝴蝶派小說，顯然失之於簡單和武斷。實際上，從辛亥革命前後直到二十世紀三十年

代，鴛鴦蝴蝶派小說在中國一直有著極為廣泛的市場。當時最有名的報紙——如《申報》、《新聞報》、《時報》、《世界晚報》、《世界日報》等——全部連載鴛鴦蝴蝶派小說。作為鴛鴦蝴蝶派的代表人物之一，王鈍根還創辦了一家期刊《禮拜六》，專門刊發鴛鴦蝴蝶派小說，所以，後人也稱鴛鴦蝴蝶派小說為「禮拜六派」小說。

到了二十世紀四十年代，鴛鴦蝴蝶派作家張恨水還依然在陪都重慶寫鴛鴦蝴蝶派小說《八十一夢》、《紙醉金迷》等。即便到了今天，張恨水的《金粉世家》、《啼笑因緣》等小說依然被改編成電視劇，而且還很受歡迎。由此可見，斷然地將鴛鴦蝴蝶派小說一棍子打死是不公正的。我們必須結合近現代報刊的發展及當時的社會狀況，對鴛鴦蝴蝶派小說做具體的分析。

二

談鴛鴦蝴蝶派小說的興起，就不得不談近現代報刊在其中所起的巨大作用。雖然從時間上看，作為文學的小說在報刊還沒有誕生之時，就早已經存在了。但是，近現代報刊的發展極大地拓展了小說的傳播管道，擴大了小說在社會上的影響，甚至還對某種小說流派起到了催生和推動的作用。1836年，法國報人吉拉丹在他創辦的商業報紙《新聞報》上連載了巴爾札克的小說《老處女》，這種做法為《新聞報》贏得了極好的商業利益和社會聲譽。②此後，報刊和小說的聯姻便勢不可擋，報刊希望借助膾炙人口的小說來吸引讀者，提高自己的發行量；而小說則希望通過報刊來擴大影響，走進千家萬戶。外國的成功做法當然會讓中國人效仿，只不過時間上通常會晚上幾十年。報刊連載小說也是這樣，這種十九世紀中期在法國盛行的做法，到了二十世紀初終於被中國人普遍接受了。

　　梁啟超在這件事上功不可沒。百日維新失敗之後，梁啟超通過清朝上層變革中國社會的希望破滅了，他開始把注意力轉向中國社會的中下層，轉向國民性的改造上，為此，他提出了著名的「新民」的概念。而改造國民性的重要手段之一就是小說。1902年，梁啟超創辦了《新小說》，並在上面發表了著名的論文〈論小說與群治之關係〉，詳細地闡述了他用小說改造國民性的設想。他引用外國的例子，力主革新小說為革新一國人民之關鍵。他認為，一種新小說可以在國民生活的一切方面──道德、宗教、習慣、風俗、學識、藝術，甚至性格──發生決定性的影響。③在梁啟超等人的推動之下，晚清的文壇上出現了兩類小說：譴責小說和言情小說。而後者也就成了蝴蝶鴛鴦派小說的先驅。

　　從晚清至民國初年再至北洋軍閥統治的這段時期，中國的政局一直處於動盪之中。與此同時，中國的近代報業取得了長足的進展，絕大多數的民營報刊創辦了副刊，如《申報》的「自由談」，《新聞報》的「快活林」、《時報》的「餘興」、《民國日報》的「閒話」、《時事新報》的「學燈」等。走向市場的報紙要生存，在當時就必須處理好兩方面的關係：其一，盡可能地不得罪軍閥，否則會招致「政治迫害」；其二，盡可能多地爭取讀者，擴大發行量。前者要求作者、編輯回避「敏感政治話題」，後者要求「多談風月」。在這種情況下，鴛鴦蝴蝶派小說便成了各報連載的首選。

　　促使鴛鴦蝴蝶派在民國初至二十世紀三十年代興盛的原因還有：辛亥革命失敗後，呼喚「革命」、「變革」的精英人士紛紛遭到當權者的打壓，革命意志在社會上衰退了，取而代之的是政治上的專制主義和生活上的消費主義。在專制的空氣下，人們對政治的關注程度越來越低。與此同時，上海等大城市已成為「國際性大都市」，城市生活將人們追求消費、追求享樂的欲望刺激

了出來。消遣和娛樂成了人們極為重要的日常需要。而鴛鴦蝴蝶派小說恰恰就是給人們提供消遣和娛樂的。

三

鴛鴦蝴蝶派小說大都是先在報刊上連載，然後才出單行本的。可以說，沒有近現代報刊作傳媒，鴛鴦蝴蝶派小說不可能產生那麼大的影響。當時的報紙紛紛連載鴛鴦蝴蝶派小說，也絕非一時心血來潮，而是時代風氣使然。

晚清至民國的上海，已經是個「國際性大都市」了，開埠通商和租借的建立，使上海的社會風氣為之一變。西方文化的傳入，市民階層的形成，都對中國傳統的宗法社會具有消解意義。在一定意義上講，租界裏的中國人其實是「移民」。「移民」的最大特點就是擺脫了宗法束縛。在這裏，人們不再以宗族為單位，傳統觀念也隨之失去了約束力。這樣，就形成了一個脫離封建禮法束縛的城市市民群體，這個群體顯然是一種新的社會力量。他們丟開了封建宗法的束縛，也失去了傳統社會的宗族保護，他們在獲得自由的同時也承受了巨大的生存壓力。在他們看來，通過各種職業賺錢變得十分正當而重要。封建社會的權力觀念、道德觀念在這裏被金錢觀念所取代。拜金主義和消費主義在中國產生了，市民情調也隨之產生了。從這個意義上講，鴛鴦蝴蝶派小說不但沒有「脫離了時代精神」，反而迎合了現實生活。

民國之後，鴛鴦蝴蝶派小說已經蔚然壯觀了。而這時的報刊也在商業化、市場化的道路上走得很遠了。《禮拜六》每一期的封面上都是一張美女照。打開封面，在目錄之前，是一張銅板紙的插頁，上面是英雄豪傑、知名人士等成功男士的形象；封底，則是一種藥物廣告——兜安氏秘製保腎丸。這樣的編排用意很明顯：美女照是「娛樂」男人的，成功男士是「娛樂」女性的，

而保腎丸廣告則是實用的。由此我們也可看出當年社會風貌之一斑。

在商業社會，「情調」其實也是一種商品，它是可以被購買並被消費的。現在，一些雜誌不是也在製造「小資情調」以供城市白領「消費」嗎？

四

在思想史和文學藝術史的層面上，鴛鴦蝴蝶派小說的價值固然不會「頂天立地」。但是，若說它一無是處，那也是不公道的。鴛鴦蝴蝶派小說之所以能贏得廣大市民的青睞，除了它情節曲折，迎合了市民的「情調」之外，還與作者紮實的文學基本功和嫻熟的文字技巧密不可分。既然寫的是「通俗文學」，走的是「市場化」的路子，鴛鴦蝴蝶派的作者們就得時時注意市場動向，把握市民需求。為此，他們不斷花樣翻新。隨著白話文運動的徹底勝利，徐枕亞、吳雙熱、李定夷等人創造的文言文鴛鴦蝴蝶派小說失去了市場，緊接著，周瘦鵑、嚴獨鶴、陸澹安等人就開始創作白話文的鴛鴦蝴蝶派小說；單純的愛情小說寫得差不多了，就有人寫奇情、癡情的小說；奇情、癡情的不行了，還有哀情、苦情的。就這樣，鴛鴦蝴蝶派小說在言情這一總的題材之下，又「細化了」市場：哀情、苦情、奇情、癡情、趣情、豔情、喜情、險情、烈情、幻情、悲情、慘情、俠情、怨情、忍情、孽情、濫情……可以說，把男女情事寫到了「極致」。有人作過統計，從1910年至1930年這二十年間，共有一百一十三種雜誌和四十九家報紙發表過鴛鴦蝴蝶派小說，發表作品計兩千兩百一十五部。在當時，這個數量是很大的。

鴛鴦蝴蝶派小說的作者，大多不認同中國傳統知識份子「以天下為己任」的角色定位，現實的種種壓力使他們自知無力救民

眾於水火。他們能做也願意做的就是以自己的筆給民眾製造一點情調，帶來一點消遣，並以此來養活自己。對此，他們是有著清醒的認識的。1923年，鴛鴦蝴蝶派雜誌《快活》創刊，周瘦鵑寫了一段很有意思的祝詞：「現在的世界，不快活極了，上天下地，充滿了不快活的空氣，簡直沒有一個快活的人。做專制國的大皇帝，總算快活了，然而，小百姓要鬧革命，仍是不快活。做天上的神仙，再快活沒有了，然而新人物要破除迷信，也是不快活。至於做一個尋常人，不用說是不快活了。在這百不快活之中，我們就感謝快活的主人，做出一本快活雜誌來，給大家快活快活，忘卻那許多不快活之事。」④

「商女不知亡國恨，隔江猶唱後庭花。」如果我們要批判市民的享樂主義，那實在是太容易了。可是，我們能不能從另一個角度想一想：老百姓及當時報刊的選擇是多麼可憐和無奈！

歷史真實就是這個樣子：人們在政治上被壓制下去的熱情，往往會轉移到物質享樂和精神消遣上。所以，往往越是政治腐敗，越是社會黑暗，普通市民就越是追求享樂，追求消遣，追求虛幻的「情調」。針對鴛鴦蝴蝶派小說，哈佛大學的林培瑞博士寫過專著，據他分析，這類小說的興起，反映了城市市民在「逐步現代化的環境」中經歷迅速變革時的煩惱心理。當政治生活和社會生活變得沉重時，「讀者要趕上世界的願望就讓位於想忘掉自己趕不上世界這個願望了。」⑤這顯然是一個值得重視的觀點。

五

因為沒有徹底的反封建思想作支撐，所以，當五四新文化運動興起之後，鴛鴦蝴蝶派小說就受到了「五四」先驅們的攻擊。新文化運動的先驅們是有責任感和使命感的，他們斷然不會把自己「混同於普通百姓」，他們要扛起「德先生」和「賽先生」兩

面旗幟，去喚醒民眾，實現救亡圖存的偉大目標。文學研究會一成立，茅盾就在宣言中批評鴛鴦蝴蝶派：「將文藝當作高興時的遊戲或失意時的消遣的時候，現在已經過去了。我們相信文學是一種工作，而且又是於人生很切要的工作。」西諦說得更動情：「我們現在需要血的文學和淚的文學似乎要比『雍容爾雅』、『吟風嘯月』的作品甚些吧。『雍容爾雅』『吟風嘯月』的作品，誠然有時能以天然美來安慰我們的被擾的靈魂與苦悶的心神，然而在到處是荊棘，是悲慘，是槍聲炮影的世界上，我們的被擾亂的靈魂和苦悶的心神，恐怕非他們所能安慰得了吧。」⑥面對攻擊，鴛鴦蝴蝶派雖然也做過反擊，但打筆墨官司不是他們的強項，最終在輿論上輸給了新文化運動的先驅們。

　　關於「五四」先驅和鴛鴦蝴蝶派作家之間的這場論戰是很耐人尋味的。應該說，「五四」新文學和鴛鴦蝴蝶派小說之間儘管志趣不同，但並不是你死我活、水火不相容的關係。在用「風月」消遣大眾和用「德先生」、「賽先生」啟蒙大眾之間，並不存在著非此即彼的邏輯。就像不能把跳水運動的凋零歸結於游泳的普及一樣，人們也不該把思想啟蒙的障礙歸結為鴛鴦蝴蝶派小說的流行。事實上，作為單個的人，「五四」先驅及隨後的革命文學作家並不一概討厭鴛鴦蝴蝶派小說。魯迅就曾不斷地給自己母親買張恨水的小說看⑦。葉聖陶更是在《禮拜六》等刊物上發表過十多篇文言文小說。但是，當新文化運動起來之後，「五四」先驅們需要一種決絕的姿態。於是他們便以一種居高臨下的態度，用一種中心對邊緣、先進對落後、理想對世俗、精神對欲望的鄙視目光發起了對鴛鴦蝴蝶派的「戰爭」。

　　到二十世紀三十年代，隨著日本侵華步伐的加快，抗日成了全國人民的共識。在這樣的大背景下，《申報》副刊「自由談」終止了連載鴛鴦蝴蝶派小說，其他報刊也相繼「服從大局」，宣傳抗日。鴛鴦蝴蝶派的陣地便越來越小了，至1949年新中國成立，鴛鴦蝴蝶派小說在中國大陸徹底消失了。

可以說，鴛鴦蝴蝶派小說是迎合城市市民的精神需求而產生的一種文學流派。當思想精英和革命者以黃鐘大呂的氣勢粗暴地終止了種種「情調」以適應「革命形勢」的時候，鴛鴦蝴蝶派小說所賴以生存的土壤也就喪失了。只是，當「革命」過後，當又一個商業時代到來時，在新一代市民的心底，依然有一種叫「情調」的東西在湧動。

注釋：

① 見《中國文學史》第四冊，游國恩、王起、蕭滌非、季鎮淮、費振剛主編，中國人民出版社1964年3月版，第450頁。

② 見《外國新聞事業史簡編》，張隆棟、傅顯明著，中國人民大學出版社1988年1月版，第81頁。

③ 參見《劍橋中華民國史》上卷，費正清編，中國社會科學出版社1994年1月版，第510頁。

④ 見《百年中國文學總系·1903：前夜的湧動》，程文超著，山東教育出版社1998年5月版，第280頁。

⑤ 參見《劍橋中國民國史》上卷，費正清編，1994年1月版，第518頁。

⑥ 見《百年中國文學總系·1903：前夜的湧動》，程文超著，山東教育出版社1998年5月版，第263頁。

⑦ 參見舒展〈時間的考驗〉，2004年《同舟共進》第6期第27頁。

錯位的鐐銬
——國民黨與新聞之關係

　　國民黨是中國現代第一個政黨，從創立到今天已經有百餘年的歷史了。在二十世紀，國民黨對中國的政治一直產生著重要的影響，而且還一度成為中國的執政黨。在百餘年的歷史中，國民黨歷經孫中山、蔣介石、蔣經國等幾代領導人，時局的變化和領導人的更迭致使國民黨對中國新聞事業的態度前後迥異，由此造成的影響也就不同。考察國民黨與新聞事業的關係，不僅有助於我們更好地梳理中國新聞事業在歲月長河中的不同遭際，而且也為我們觀察政黨對新聞事業所持的態度、政策與政黨興衰成敗之間的關係提供一份有價值的範本和借鑒。

一、孫中山與新聞事業

　　作為中國國民黨的開創者，孫中山先生非常重視新聞事業。早在興中會成立以前，他就進行過積極的報刊活動，並充分地肯定了現代報刊在開啟民智、闡述新理論及培養人才等方面的作用，他主張中國要像西方國家一樣，大辦「學會」和「學報」，以「推陳出新，開世人無限之靈機，闢天地無窮之奧理」。1905年同盟會成立後，孫中山先生又親自參加並領導了同盟會機關報《民報》的創辦工作，他還親自撰寫〈民報發刊詞〉，第一次提出了「三民主義」。在孫中山先生的提倡之下，民主共和的觀念深入人心。

　　南京臨時政府成立後，民國臨時大總統孫中山先生始終以國民公僕自居，恪守言論出版自由的原則，認真接受輿論的監督，平易近人地接受記者的採訪，經常參加報界的會議，對報刊在民主革命中所發揮的重要作用給予了高度的評價，鼓勵報刊在共和建設中繼續發揮應有的作用。他特別鼓勵報刊發揮輿論監督的責任，他說：「今民國成立，尤賴報界有言責諸君，示政府以建設之方針，促國民一致之進行，而建設始可收美滿之效果。故當革命時代，報界鼓吹不可少，當建設時代，報界鼓吹更不可少，是以今日有言責諸君所荷之責任更重。」

　　最能體現孫中山先生和南京臨時政府恪守言論出版自由原則的，是撤銷《民國暫行報律》事件。1912年3月2日，南京臨時政府內務部鑒於《大清報律》等前清有關報刊出版法令已隨清政府垮臺而廢弛的現狀，頒佈了一個由內務部參事林長民草擬的暫行報律，在正式宣佈廢除《大清報律》的同時，與報界「約法三章」：其一，新聞雜誌已出版及今後出版者，其發行及編輯人員姓名須向本部呈明註冊……；其二，流言煽惑，關於共和國體，有破壞弊害者除停止出版外，其發行人、編輯人有坐以應得之罪；其三，調查失實，污毀個人名譽者，被污毀人得要求其更正。要求更正而不履行時，經被污毀人提起訴訟時，得酌量科罰。

　　這個報律，單從加強政府對報業的管理的角度來看是有積極意義的。但是，這個報律頒佈之時，臨時約法尚未頒佈，其他法規也多未制定，民國究竟有無必要單獨頒佈報律，立法機構尚未決定。在這樣的情況下，一個政府部門就擅自頒佈法律確屬越權行為。再加上這個報律中，罪與非罪的界限及量刑標準都很模糊，極易被誤解和濫用。因此，這個報律電文發至上海中國報界俱進會並令其轉全國報館遵照執行時，立即遭到了新聞界的普遍反對。3月6日，中國報界俱進會和上海《申報》、《新聞報》、《時報》、《時事新報》、《神州日報》、《民立報》、《天鐸

報》、《大共和日報》、《啟民愛國報》、《民報》等諸多報紙聯名致電孫中山並通電全國表示抵制《民國暫行報律》。報界的聯合通電稱：「今統一政府未立，民國國會未開，內務部擬定報律，侵奪立法之權，且云煽惑，關於共和國體有破壞弊害者，坐以應得之罪；政府喪權失利，報紙監督，並非破壞共和。今殺人行劫之律尚未定，而先定報律，是欲襲滿清專制之故智，鉗制輿論，報界全體萬難承認。」次日，上海各報又刊登了章太炎的文章〈卻還內務部所定報律議〉，再次闡述電文觀點，並對報律條文逐一加以批駁，說臨時政府「鉗制輿論」，「欲導惡政府之覆轍」，文辭極為尖銳。

孫中山先生得知此事後，於3月9日下令撤銷了《民國暫行報律》，指出：「案言論自由，各國憲法所重，善從惡改，古人以為常師，自非專制淫威，從無過事摧抑者，該部所布暫行報律，雖出補偏救弊之苦心，實昧先後緩急之要序，使議者疑滿清鉗制輿論之惡政，復見於今，甚無謂也。又民國一切法律，皆當由參議院議決宣佈，乃為有效。該部所布暫行報律，既未經參議院議決，自無法律之效力……民國此後應否設計報律，及如何訂立之處，當俟國會會議決議，勿遽亟亟可也。」

由於以孫中山先生為首的革命派積極貫徹新聞自由、言論自由的原則，新聞工作者的社會地位較清末有了極大的提高。這個時期的新聞人當仁不讓地擔負起了「監督政府」、「指導國民」的「天職」，報上不但可以批評政府官員，甚至可以點名罵總統。中國的新聞人還成立了中國報界俱進會、上海日報公會、北京報界同志會、廣州報界公會、貴州報界同盟會等團體，代表報界就「報律」、新聞郵電費、報紙和報人權益等問題與政府機構交涉。在這種大氣候下，除革命黨外，「贊成共和」的立憲黨人、舊官僚甚至是袁世凱控制下的北京政府，在民國初年的一個短暫的時期都擺出了一副尊奉言論自由、尊重報界的姿態。當時袁世凱的國務院特設新聞記者接待室，每天由國務院秘書長出

面接待新聞記者的採訪。獨立各省新成立的政權機關也都在所頒佈的綱領性法規中列入了言論自由、出版自由的條文。如，《鄂州軍政府臨時約法》中就明確規定：「人民自由言論著作刊行並集會結社」；四川軍政府在《獨立協定》中也寫上了「巡警不得干涉報館」的規定。其餘的如《浙江軍政府臨時約法》、《江西軍政府臨時約法》等也都載有保障言論出版自由的條款。還有兩個細節值得一提：其一，為了便於女記者旁聽採訪，四川都督府每次開會時都要在旁聽席上為女記者用紅布圍成一個女記者室。其二，省內外往來電文，可以發表的，都油印得清清楚楚，分送各報館。這種做法跟後來一些專制政府動輒對新聞媒體進行「資訊封鎖」、「資源壟斷」等封殺手段相比，簡直有天壤之別。

孫中山先生堅持貫徹言論出版自由的政策，促進了中國新聞事業的快速發展。從武漢起義到1913年「二次革命」失敗前，中國的報紙數量劇增，據統計，1912年全國報紙增加到五百多家，總銷量達四千兩百多萬份，創下了歷史新高。縱觀新聞事業的發展史，我們可以得出這樣的結論：中國的新聞事業受政治環境的影響極大。政治開明，執政黨和政府堅持貫徹言論出版自由的政策，新聞事業就會得到快速的發展；相反，如果政治黑暗，執政黨及其政府以專制主義鉗制言論出版自由，新聞事業的發展就會受到重創。國民黨（同盟會係國民黨的前身）在孫中山先生的領導下重視新聞事業，堅持言論出版自由的原則，中國的新聞事業就得到了較快的發展，當袁世凱竊取了辛亥革命的勝利果實並鎮壓了「二次革命」之後，他以「亂黨報紙」為名對異己報刊進行大清洗，瘋狂迫害報館和報人，中國的新聞事業就又遭遇了挫折：許多報人被害，報刊數量銳減，到1913年底，全國報紙就只剩下了一百三十九家。1913年是中國農曆癸丑年，所以人們又稱此次報業浩劫為「癸丑報災」。

二、蔣介石與新聞事業

　　1927年，國民黨在形式上統一了中國，從1928年起，國民黨宣佈進入「訓政階段」，實行「黨治」，推行「黨化新聞界」政策，「九・一八」後又效仿德、意等法西斯國家，強化政黨對新聞的控制。

　　以蔣介石為首的國民黨開始加強對新聞輿論控制的標誌，是頒布了《設置黨報條例》、《指導黨報條例》、《補助黨報條例》三個條例。這三個條例的設置，其目的主要之一就是為了統一國民黨各派系在反共反人民這一點上的立場和口徑，條例在黨報的設置、領導體制、宣傳內容、組織紀律、津貼標準等方面都做了詳細的規定。

　　關於黨報的設置和領導體制，條例規定黨報的範圍包括黨報、半黨報、準黨報三種，「由中央及國內外各級黨部所主持者」為黨報，「由本黨黨員所主辦而受黨部津貼者」為半黨報，「完全由本黨黨員所主持者」為準黨報。關於黨的組織同黨報之間的關係，條例明確規定「中央宣傳部特設指導黨報委員會，專司黨報之設計、管理、審核及其它一切指導事宜」，對中央和地方黨報實行分級管理，「直屬於中央之各黨報由中央宣傳部直接指導之，其他屬於各級黨部之黨報，得由各級黨部秉承中央意旨領導之，但須按月向中央報告」。

　　人事任免是國民黨加強對各級黨報控制的最重要的一環。為此，條例規定「凡中央及各級宣傳部直轄之日報雜誌，其主管人員及總編輯由中央及各級黨部委派之」。

　　在黨報的新聞報導和宣傳內容上，條例規定，不論是言論、新聞，還是副刊、廣告都必須以「本黨主義及政策為最高原則」。言論要解釋黨的政治綱領和政策，並以「一貫之精神」分

析各種實際問題；新聞「要利用事實闡發本黨主義及政策，……辟除糾正一切反動的、謬誤的主義及政策」。當然，這裏所說的「本黨主義」早已不是孫中山先生的「三民主義」了。

在宣傳紀律上，條例規定：「各黨報須絕對站在本黨的立場上，不得有違背本黨主義、政策、章程、宣言及決議之處；各黨報對於各級黨部及政府送往發表之檔，須儘先發表，不得遲延或拒絕；各黨報對於本黨應守秘密之事件，絕對不得發表」。如果違反了這些紀律，則分別予以警告、撤換負責人員直至改組編輯部。

在黨報津貼上，條例規定，黨員所辦報紙接受津貼的條件是「言論及記載隨時受黨之指導」，「完全遵守黨定言論方針及宣傳策略」，也就是說，只要聽「中央」的話，就可以給錢辦報。

總之，三個條例的頒佈，為蔣介石領導下的國民黨提供了「黨化新聞」的理論和制度依據。為了實現鉗制新聞出版自由以達到「黨化新聞」的目的，國民黨還在實踐中採取了很多策略。概括地講，這些策略包括以下幾個方面——

首先，它建立並依靠官方新聞網絡，壟斷新聞的發佈權和評論權，控制全國的輿論。《中央日報》、中央通訊社、中央廣播電臺等宣傳機構是國民黨新聞事業的中心。這些新聞機構「闡明黨義，宣揚國策」，先是在輿論上幫助國民黨鞏固一黨統治，「九‧一八」後又宣傳蔣介石「攘外必先安內」的政策。

其次，利用政權力量和法律手段制定新聞出版法令，剝奪人民的言論出版自由，迫害進步報刊。1928年，國民黨制定了《指導普通刊物條例》和《審查刊物條例》，規定「各刊物立論取材，須絕對以不違反本黨之主義政策為最高原則」，「必須絕對服從中央及所在地最高級黨部宣傳部的審查」；1929年，國民黨政府制定了《宣傳品審查條例》，宣佈凡「宣傳共產主義及階級鬥爭者」、「反對或違反本黨主義政綱及決議案者」、「妄造謠言以淆亂觀聽者」為「反動宣傳品」，必須「查禁查封或究

辦之」；同年頒佈的《出版條例原則》還規定「凡用機械印版或
化學材料印製之新聞紙類、書籍、圖畫、影片及其他文字，出售
或散佈者，均認為出版品」，均應「登記審查」，凡「宣傳反動
思想」、「違反國家法令」、「妨害治安」、「敗壞善良風俗」
的出版品，「不得登記」；1930年國民黨制定了《出版法》，
將國民黨採用的各種新聞管制手段用立法的手段固定了下來。該
法規定「出版品不得為左列各款之記載：一、意圖破壞中國國民
黨或三民主義者，二、意圖顛覆國民政府，或損壞中華民國利
益者，三、意圖破壞公共秩序者，四、妨害善良風俗者」；同時
還規定「戰時或遇有變動，及其他特殊必要時，得依國民政府命
令之所定，禁止或限制出版品關於軍事或外交事項之刊登」。
這些限制性條款，對「意圖破壞」、「意圖顛覆」等詞根本未
做科學的界定，為國民黨當局肆意曲解法律條文留下了極大的
空間。此外，國民黨還於1931年制定了《出版法實施細則》，
1932年制定了《宣傳品審查標準》，1933年制定了《新聞檢查
標準》，1934年制定了《修正重要都市新聞檢查辦法》、《指
導全國廣播電臺播送節目辦法》、《圖書雜誌審查辦法》等諸
多新聞法規。

　　第三，依據上述「法規」，國民黨成立專門機構，實行嚴厲
的書報檢查制度，刪改、扣押進步報刊。1929年，國民黨在各地
設郵件檢查所，實行郵電檢查；1933年在南京、上海、北平、天
津等重要城市設立了「新聞檢查所」，1934年又設立了「中央宣
傳委員會圖書雜誌審查委員會」及其地方機構，在全國範圍內實
現原告審查制度；1935年又成立中央新聞檢查處，進一步對新聞
言論自由進行所謂的「檢查」。

　　第四，國民黨還通過收買報界、拉攏新聞人等手段控制、利
用民辦新聞機構，從而實現「黨化新聞」的滲透。

　　第五，國民黨還利用特務對進步新聞事業進行破壞和迫害。
給進步報館和新聞人寄恐嚇信、搗毀報館、暗殺優秀的新聞人等

是國民黨特務們慣用的手段。著名的報人史量才就是在蔣介石的授意下被特務暗殺的。

通過上述梳理，我們不難看出，在蔣介石時期，國民黨在鉗制新聞出版自由方面是有著一套系統的理論、策略和手段的。蔣介石和國民黨的這些專制主義做法，一方面受中國封建專制主義思想的深刻影響，另一方面也吸收了德國、意大利等法西斯國家的新聞思想和鉗制新聞的具體做法。後者又主要體現在兩個方面——

其一，國民黨借鑒法西斯主義的「國家至上」原則，利用「民族」、「國家」等抽象概念，「拉著虎皮作大旗」，進行所謂的「民族主義新聞建設」，凡是反對國民黨的新聞宣傳，都被國民黨以危害「國家」、「民族」、「政府」利益為由予以鎮壓。中外的文化發展史一再證明，越是「民族」、「國家」等帶有集合色彩的神聖崇高的辭彙，越是容易被人用來作為打壓自由和正義、剝奪個人合法權利的棍子。這一點需要人們特別警惕。

其二，國民黨開創了中國歷史上專制主義利用新聞力量來管理、鉗制新聞自由的先例。中國封建專制政權鉗制人民的言論一般都是政權直接出面以暴力手段進行的，而國民黨則借鑒德、意法西斯國家新聞管制的做法，採取了更加系統的控制新聞的手段。1934年1月，國民黨第四屆中央執行委員會全體會議通過了一項決議，明確規定中央宣傳委員會在新聞界的任務是「集中經費於少數報紙，培養成有力量之言論中心」，「對全國新聞界作有效之統制」。同年3月，國民黨中央宣傳委員會主任邵元沖在國民黨新聞工作會議上進一步闡述了這種「新聞統制」的理論。他說，所謂新聞統制，「一方面要希望自己的新聞宣傳發生有力的表現，一方面要應付反黨反宣傳的新聞」，二者要通盤考慮，黨內外間要密切聯絡，以求脈絡貫通，統一宣傳。根據這種思路，國民黨將強化自己的新聞事業以獲取「新聞最高領導權」作為「新聞統制」的核心。為此，明確提出「儘量增厚黨的新聞業

（黨報及黨的通訊社）之權威，充分培養其本能，使之自動發揮偉大的力量，取得新聞紙新文藝運動之最高領導權」，「徹底完成新聞一元主義（純粹黨化新聞界）之任務」。由此可見，蔣介石時期的國民黨雖然仍然運用政權的力量對新聞界實施管制，但已著重將政治統治滲透到了新聞活動的範疇之中，通過制定影響新聞界的政策，從新聞界的人事管理、行政管理、宣傳紀律等多方面進行法西斯統治。對於這一點，國民黨的新聞理論工作者還做了如下概括：「消滅反動報紙及新聞社，取締灰色新聞及毒素新聞，淘汰膚淺落伍、桀傲不馴之新聞記者，其有冷酷無情……絕無合作誠意者，尤不容留。限制非黨系新聞業侵略式的發展，干涉非黨系新聞企業托辣司或迖而加形式。」他們甚至設計了取消民營新聞業、實施報刊公營化的藍圖，第一步是「舉凡報業之向公眾報告新聞、言論與廣告，直接對政黨或政治負責」，使「報業仍存其私營面目而收得近於公營之效果」，第二步則「以國家公款向私人照價收買其經營之報業，由公務人員接辦」。

抗日戰爭爆發後，國民黨曾經在一個較短的時期內停止了對抗戰及其他言論的禁錮和壓制，但很快就又回到專制主義立場上去了。1938年，武漢淪陷後，國民黨當局通過了《國民精神總動員綱領及實施辦法》，提出了意志集中、大力集中、民族至上、國家至上、軍事第一、勝利第一等口號，進一步開展了「一個黨、一個主義、一個領袖」的宣傳，要求全國人民的言論一律以國民黨的意志為準繩。1939年6月，根據蔣介石手令，國民黨正式成立了戰時新聞檢查局，先後制定頒佈了《戰時新聞檢查辦法》、《戰時新聞違檢懲罰辦法》、《抗戰時期報紙通訊社申請及變更登記暫行辦法》等一系列新聞法規，進一步鉗制輿論自由。

總之，蔣介石時期的國民黨形成的「新聞統制」與政策，以「黨化新聞界」、「以黨治報」為起點，後又摻入了大量的德、意法西斯的新聞思想和經驗，是一套集中外反動新聞統治經驗之

大成的、熔中國封建專制主義與外國法西斯主義於一爐的新聞思想和政策。

三、新聞界與國民黨的鬥爭

　　蔣介石和國民黨對新聞出版自由的鉗制必然引起廣大有正義感的新聞工作者的不滿。為了捍衛新聞自由，新聞界與專制的國民黨當局進行過許多可歌可泣的鬥爭，這方面的事例很多，本文無法一一盡述，這裏只講幾件，權作管中窺豹。

　　到了二十世紀三十年代，國民黨的統治更加腐敗，他們對新聞出版自由的鉗制也更加嚴酷，他們對堅持正義的新聞工作者動輒進行逮捕、迫害甚至是殺戮。1933年1月21日，鎮江《江聲報》經理兼主筆劉煜生被國民黨江蘇省政府主席顧祝同下令槍決，罪名是「宣傳共產」，而證據僅僅是《江聲報》副刊《鐵梨》上發表的〈當〉、〈下司須知〉、〈濤聲〉、〈端午節〉等幾篇描寫社會生活的小說。1月22日，上海《申報》披露了劉煜生被害的消息，輿論為之譁然。中國民權保障同盟兩次發表宣言，明確指出「劉煜生之死，非死於描寫社會生活之文學，而實死於揭載鴉片公賣之黑幕」。全國律師協會決定提出控訴，上海日報記者公會也召開緊急會議商討對策，兩百多名記者聯名發表宣言，譴責顧祝同「毀法亂紀，摧殘人權」。要求予以「制裁」。南京的首都記者協會也要求「嚴懲蘇省當局，以保人權」。迫於輿論的壓力，1月下旬，國民黨政府監察院對此案進行了調查，認為《江聲報》所載「各篇小說僅描寫社會生活之作品，此類文字，京滬各報時有揭登」，表示要「彈劾」顧祝同。但到了2月初，監察院又藉口顧祝同是軍人，不辦理此案了。此事之後，國民黨踐踏人權的事件仍不時發生，國統區人民要求保障人權、開放言論自由的呼聲日益高漲。在這種情況下，國民黨

政府不得不有所表示。1933年9月1日，國民政府行政院頒發了《保護新聞從業人員》的「訓令」，稱「查人民非依法律不得逮捕拘禁審問處罰，與人民有發表言論及刊行著作之自由，非依法律不得停止或限制之」，「察核該省（指江蘇省，筆者注）黨部，以各地方政府，對於新聞事業人員，常多不知愛護，甚且有任意摧殘情事，特令通令保護」，「內政部通行各省市政府，軍政府通令各軍隊或軍事機關，對於新聞事業人員，一體切實保護。」

　　國民黨政府的這個「訓令」是迫於輿論壓力而做出的一種姿態，但既然有了這道「命令」，進步新聞工作者就可以利用它來提出自己的要求。1934年8月，杭州記者公會向新聞界發出倡議，公定9月1日為記者節，屆時開展慶祝活動。這一倡議提出後，迅速得到了各地新聞界的回應。1934年9月1日，北平、杭州、太原、廈門、長沙、南京、青島、綏遠等地新聞界都舉行了慶祝活動。北平新聞界慶祝大會還致電國民黨中央，要求「實行去年9月1日命令，保障記者安全，維護言論自由」。1935年，「九一」記者節得到了全國新聞界的承認。這年的9月1日，杭州市舉辦了全國報紙展覽會，展出報紙近一千五百種。有些城市的報紙還在9月1日這天休業慶祝。天津《大公報》在9月2日發表了題為〈記者節〉的短評，稱「我們與其停刊，還不如積極地要求解放言論，作有效的維護！」此後，每年9月1日，全國新聞界都要在這一天開展爭取自由、保障人權的活動，同國民黨當局進行抗爭。1949年，中華人民共和國成立後，「九一」記者節的歷史使命宣告結束。當年，新成立的中華人民共和國政務院頒佈的《全國年節紀念日放假辦法》中明確規定了「記者節」。但沒有確定具體日期，此後，記者節一度淡出人們的視野，直到國務院於2000年正式批復中國記協的請示，同意將11月8日定為記者節。1937年11月8日，以范長江為首的左翼新聞工作者在上海成立中國青年記者協會，這是中國記協的前身。新的記者節便源出於此。

抗日戰爭期間，國統區新聞界在團結抗戰的基礎上展開了爭取民主權利的鬥爭。1938年8月，商務、中華、開明、世界、生活等十多家出版社和書局聯合呼籲國民黨當局撤銷剛剛出籠的《圖書雜誌原稿審查辦法》。生活書店負責人鄒韜奮在第一屆第二次國民參政會上提出了〈撤銷圖書雜誌原稿審查辦法以充分反映輿論及保障出版自由案〉，得到了七十多名參政員的聯合簽名。經過激烈辯論後，提案獲得了通過。但是，參政會上的決議並不能改變國民黨的新聞政策。原稿審查辦法繼續實施，國民黨審查機關對被禁止出版的書刊報紙根本不向編著者說明查扣理由，人們也無法掌握審查標準。許多檢查人員隨意闖入私人住宅，胡亂翻檢沒收私人書刊和物品。最滑稽的是，衡陽有一位檢查機關的檢查官居然利用沒收的書刊辦起了一個書店，大發檢查財。

四、國民黨遷台後對新聞事業的控制

蔣介石國民黨發動內戰失敗，於1949年逃往臺灣。出於政治統治的考慮，國民黨又對臺灣的新聞事業進行了嚴格的控制。在這個階段，國民黨鉗制新聞出版自由的思想發展到了極致，也最終走向了失敗。

遷臺初期，國民黨控制新聞事業的依據，主要是1949年6月修訂公佈的《國家總動員法》和《懲治叛亂條例》兩個單行法。前者規定「政府於必要時，得對人民之言論、出版著作、通訊、集會、結社加以限制」，後者規定將對「散佈謠言，或傳播不實之消息，足以妨害治安搖動人心者」，判處無期徒刑或七年以上有期徒刑。1950年以後，作為控制新聞事業的依據，主要是《戒嚴法》和由此派生出來的《戒嚴期間新聞紙雜誌圖書管制辦法》和《臺灣地區戒嚴期間出版物管制辦法》。《戒嚴法》規定最高

司令長官「得取締言論、講學、新聞、雜誌、圖畫、告白、標語暨其他出版物之認為與軍事有妨礙者」。《臺灣地區戒嚴期間出版物管制辦法》公佈於1960年，其中除禁止報刊洩露「國防、政治、外交」等機密和發表「內容猥褻」的文字外，還禁止報刊刊載被認為有「為共匪宣傳」、「詆毀國家元首」、「違背反共策略」、「淆亂視聽，足以影響民心士氣或危害社會治安」和「挑撥政府與人民感情」等內容的新聞與評論。1950年，臺灣當局藉口海峽兩岸關係緊張，宣佈臺灣全省實行戒嚴，《戒嚴法》和由此派生出來的上述兩法成為適用的法律，被當作此後在長達二十七年裏控制新聞事業的主要依據。

　　與此相配合，臺灣的立法部門還在1952年修訂和頒佈了《出版法》，規定在「戰時或遇有變亂或依憲法為急速處分」的「非常時期」，政府部門得以用命令方式對報刊刊載的內容加以限制，並規定凡是在新聞報導中「強調敵人軍火威力強大、戰鬥力強，致影響民心士氣」的，「報導軍隊生活艱苦，待遇菲薄，醫藥缺乏，致軍人不執行職務或不守紀律或叛逃」的，均將受到法律制裁，有關報刊將被受到「警告」、「罰款」、「禁售」、「定期停止發行」直至「撤銷登記」等處分，有關新聞工作者將被判處一年以上有期徒刑直至死刑。國民黨在1979年修訂頒佈了《廣播電視法》，規定將對廣播電視節目中的「損害國家利益或民族尊嚴」、「違背反共復國國策或政府法令」、「散佈謠言邪說或淆亂視聽」的內容加以限禁，違者處以10萬元以下罰款，三日以上的停播處分，直至「吊銷執照」。

　　為了加強對新聞事業尤其是報刊的控制，國民黨臺灣當局還作出了「限證」、「限張」、「限印」的規定。1951年6月10日，國民黨臺灣行政院依據《國家總動員法》中的「政府於必要時得對報館及通訊社設立加以限制或停止」的規定，發出「訓令」，宣佈：「臺灣全省報紙、雜誌已達到飽和點，為節約用紙起見，今後新申請之報社雜誌通訊社，應從嚴限制登記」。這就

是「限證」。雖說限證的範圍包括報紙、雜誌和通訊社，但在執行的過程中主要還是針對報紙。因為通訊社早已經被國民黨官方所壟斷，申請創辦通訊社的本來就不多；雜誌的登記申請雖然一度被停止，但很快就放寬了限制。因此，這個禁令被習慣地稱為「報禁」；所謂「限張」是指1952年12月9日國民黨臺灣行政院公佈的《新聞用紙供應辦法》，該辦法根據各報申請的用紙數量，核實後由指定的公司按低於市價1/3的優惠價格供紙。未予核實的部分，就得不到優惠價格。這實際上也是對報紙的一種間接控制，可以使那些在言論上不肯就範的報紙難以為繼。1955年4月，臺灣國民黨行政院進一步公佈了《戰時新聞紙節約辦法》，採用一刀切的方式，把各報一律限定為日出對開一大張半。此後又對用紙的限量做過三次修改：1958年9月1日宣佈放寬為日出對開兩大張，1967年4月1日宣佈放寬為日出對開兩大張半，1975年再次放寬為三大張。「限張」以節約用紙為藉口，實質上是要限制報紙的業務發展；所謂「限印」，指的是每一家報紙只能有一個印刷所及發行所，而且必須在原登記的印刷和發行地點印刷發行，不得隨意變更。這一規定是根據1952年頒佈的《出版法》的有關條文作出的。1970年以後，臺北的一些報紙多次申請在臺灣南部的一些城市印刷報紙以供應南部訂戶，南部一些城市的報紙也希望能在臺北印刷發行，都以違反上述規定為由遭到國民黨主管部門的批駁。這樣，臺灣南北各報只能把印好的報紙互相運送，造成了人力和物力的極大浪費。

　　以上三「限」，被臺灣新聞界稱為「一報三禁」，構成了「報禁」的具體內容。由此可見，國民黨此時對新聞自由的鉗制已經達到了一個極致。與此同時，臺灣國民黨當局還以觸犯刑律為由對一些報刊和報人進行制裁。這期間罪著名的就是《自由中國》案。《自由中國》創刊於1950年7月，初期的發行人是胡適，1959年以後該刊物由雷震接任。在雷震的主持下，《自由中國》發表了不少反對軍隊黨化，反對成立「中國青年反共救國

團」和反對特務統治的社論，主張「建立自由民主的社會」和
「使整個中華民國成為自由的中國」。因為這個刊物反映了一部
分自由主義知識份子的觀點，所以在知識份子階層有著較好的
口碑。1960年初，雷震一方面準備另組新黨以對抗專制的國民
黨，另一方面又在《自由中國》上發表〈反共不是黑暗統治的
護符〉、〈蔣總統如何向歷史交代〉等社論，指責國民黨專權，
反對蔣介石連任第三任總統。雷震的文章引起了國民黨當局的忌
恨，被扣上了「倡導反攻無望」、「為共匪作統戰宣傳」、「鼓
勵人民反抗政府流血革命」等罪名，雷震本人於1960年9月被送
進軍事法庭。此後，1965年又發生《文星》案，李敖因在《文
星》雜誌上發表批評文章〈我們對國法黨限的嚴正表示〉而「涉
嫌叛亂」，被捕入獄。隨後在二十世紀七十年代被國民黨懲治的
刊物還有《大學雜誌》、《臺灣政論》、《鼓聲》、《夏潮》、
《美麗島》等，這些雜誌也多是因鼓吹自由主義而被當局迫害，
許多刊物的主辦人和撰稿人被捕入獄。

　　二十世紀八十年代後，臺灣國民黨領導層實行權力交接，蔣
經國成了「最高當局」，但繼續執行其父那套嚴酷鉗制新聞自由
的政策。臺灣的「戒嚴狀態」依舊，《戒嚴法》仍然生效。在這
一時期，國民黨對新聞的控制主要由警特情治部門出面，由軍事
管制部門和檢察部門協同進行，一切仍按「非常時期」用「非常
手段」處理，使臺灣的報刊從登記、印刷、發行到內容的各個方
面，都受到了極大的約束。

　　1951年以後的三十多年裏，臺灣國民黨以外的各界人士特別
是新聞界人士對「一報三禁」的規定十分不滿。國民黨內部的有
識之士對此也有過異議。不少臺灣的立法委員和省市議員也在公
開場合提出過開放「報禁」的要求，社會上還就「目前應開放報
禁」的問題展開過討論。到了二十世紀八十年代中期，解除「報
禁」已經成為臺灣新聞界和社會各界的共同呼聲。

　　1987年7月15日，臺灣當局終於解除了「戒嚴令」，並決定於1988年1月1日起解除「報禁」。這以後不久，蔣經國去世，李登輝上臺，蔣氏父子掌握軍政大權的時代宣告結束，臺灣的政局出現了新變化，臺灣的新聞事業也開始進入了新時期。1987年12月1日，臺灣國民黨行政院新聞局局長邵玉銘宣佈解除報禁的具體措施：一、自1988年1月1日起，開始接受新設報紙登記；二、取消對每期報紙的印張不得超過三大張的限制，印刷地點也不再加以限制；三、廣告刊登的數量，也同樣不再加以限制。至此，國民黨在臺灣實行了三十六年之久的「一報三禁」宣告解除。

　　「報禁」解除之後，臺灣的新聞事業獲得了極大的發展。新的報紙大量湧現，報業競爭日趨激烈，報紙普遍增加印張，新聞報導和言論也逐步放開。各報都儘量滿足不同層次的讀者的需要，反映不同人群的不同呼聲，加強對政府和黨政要人的輿論監督。「報禁」解除之後，臺灣新聞界刊發了許多黨政要人和政府官員濫用職權、貪污受賄的報導，開展了對臺灣當局的政策的批評。

　　「報禁」解除後，臺灣當局對新聞媒體的控制方式也有所改變。由「戒嚴」時期的警備部門和情治部門負責管理改為由行政部門即「行政院」新聞局負責管理。對媒體的言論報導，也開始強調「依法辦事」，即根據已公佈的《刑法》、《出版法》等單行法對有關報導和言論追究責任，而不再利用行政手段橫加干涉；新聞政策也有所調整，「執政黨」及「政府」只在宏觀上進行把握，在微觀上則採取靈活的態度，除黨政軍等部門主管的報紙外，對一般的民營報紙不再發號施令。

　　總的來說，「戒嚴令」和「報禁」的解除，改變了臺灣新聞事業的格局，啟動了新聞媒體間的競爭機制，使臺灣的新聞報導的內容日趨多元化，使新聞工作者的分工日趨專業化，使新聞媒體的裝備和運作手段日趨現代化，極大地促進了新聞事業的發展。

臺灣新聞界在國民黨「報禁」解除前後的巨大變化，給「黨管新聞」提供了一份生動的借鑒：通過行政手段、靠發號施令地來「禁」新聞的做法是註定要失敗的。

五、小結

通過考察國民黨百餘年來對新聞事業的態度變遷，我們可以得出許多啟示。從孫中山先生重視新聞、主動接受新聞監督的態度，到蔣介石時期集中外鉗制新聞的專制主義思想和控制新聞的法西斯手段之大成（這種對新聞事業採取鉗制的專制主義理念和法西斯手段至國民黨逃往臺灣後實行「一報三禁」，達到了登峰造極的程度），再到「一報三禁」的最終解除，歷史的發展軌跡幾乎是個「輪迴」──劃圈的終點即是當初的起點。百年輪迴，深刻地證明了一點：用專制主義思想、法西斯手段、以「禁」的方式來「管」新聞是不行的。新聞事業在思想上講是一項追求真實、渴望自由、嚮往真理的正義事業，它最受不得的就是嚴酷的政治形勢。要想使新聞事業獲得勃勃的發展生機，強權勢力就必須從新聞的領地上退出，那種動輒發號施令，對新聞事業這也限制那也干涉的做法就必須徹底予以根除。

政黨也好，政府也罷，要實現對社會的有效管理，肯定是要用鐐銬的。但是，鐐銬不該被戴到新聞事業的身上。新聞事業被戴上鐐銬，那說明政黨和政府用錯了鐐銬的位置。而錯位的鐐銬不僅無益於社會，而且還會禁錮思想，仇視自由，戕害正義，後患無窮。而且，我們似乎還可以說，通過一個政黨對新聞事業的態度，人們大體就可判斷出這個政黨是代表著先進還是代表著沒落。代表著進步力量的政黨和政治勢力，重視新聞工作，主動接受輿論監督；代表著沒落勢力的政黨和政治勢力，懼怕新聞自由，鉗制新聞自由。代表先進力量的必將贏得未來，而代

表沒落勢力並為之進行苦苦掙扎的，定會退出歷史舞臺，他們的命運就是接受徹底的失敗並等待後人犀利的罵聲。這又可以說是一條規律。

新聞記者的操守與理想

　　2002年6月，包括新華社記者在內的十一名記者收受數萬元現金以及金元寶而不報導山西繁峙「六‧二二」特大爆炸事故的醜聞被曝光，「有償新聞」和「有償不新聞」的話題再次引起了人們的關注。新聞記者以報導事實真相、捍衛新聞公正為己任，無疑是不該搞「有償新聞」和「有償不新聞」的，他們應該是「富貴不能淫，貧賤不能移，威武不能屈」的「大丈夫」。說到這裏，我就不由得想起了兩位新聞前輩——邵飄萍和史量才，他們是新聞記者學習的榜樣。

　　1925年，邵飄萍支持郭松齡倒戈反張作霖，並促成了馮玉祥和郭松齡的聯合。他在《京報》上不斷地發表通訊和評論文章，揭露張作霖的罪行。張作霖慌了神兒，趕緊匯款三十萬元鉅款給邵飄萍，想以此讓邵飄萍「有償不新聞」。可是，邵飄萍斷然拒絕了，他不但把錢給退回了，而且還說：「張作霖出三十萬元收買我，這種錢我不要，槍斃我也不要！」。這讓張作霖非常氣憤。張發誓：打進北京城就要槍斃邵飄萍！1926年4月，張作霖攻佔了北京，邵飄萍被殺害了。

　　史量才是一代報業鉅子，著名的《申報》就是在他接手之後在報業史上創下輝煌的。他先後與袁世凱、蔣介石兩位專制獨裁者都進行正面的「交鋒」。1915年，袁世凱要復辟帝制，為了取得輿論的支持，就派人攜十五萬鉅款賄賂史量才和《申報》，遭到了史量才的斷然拒絕。史量才拒絕之後還在1915年9月3日的《申報》上以「答讀者問」的方式刊出〈本館啟事〉：「有人攜款十五萬來滬運動報界，主張變更國體」，「所有館中辦事人員

及主筆等,除薪水分紅外,從未受過他種機關或個人分文津貼及分文運動。此次即有人來,亦必終守此志……」這不但拒絕了賄賂,而且還把行賄者給曝了光。《申報》不斷批評腐敗和專制,國民黨專制政權對《申報》很是不滿,幾次想往《申報》「派員」,都被史量才拒絕了。他說:「《申報》是我個人產業,用人的事不勞外人操心。」為了讓史量才的《申報》轉變「輿論方向」,蔣介石親自找史量才「談話」,蔣說:「我手下有百萬軍隊,激怒了他們是不好辦的。」史量才回敬:「我們《申報》發行十幾萬,讀者也有百萬,我也不敢得罪他們!」蔣介石故作豪氣地表態:「史先生,我有什麼缺點,你報上儘管發表!」史量才回答:「你有不對的地方,我絕不客氣!」兩人就這樣「談崩了」。兩人的這次談話堪稱槍桿子和筆桿子之間的對話。從中,我們看到了槍桿子的霸道,也看到了真正筆桿子的錚錚傲骨。筆桿子有面對強權毫不畏懼的氣節,槍桿子當然也會使出最卑鄙的手段——暗殺。1934年11月13日,在蔣介石的授意下,戴笠組織特務在滬杭路上暗殺了史量才。史量才生前曾說:「《申報》這二字,印在報紙上,別人眼中看去是黑的,我的眼中看去是紅的。」這話成了讖語,史量才先生用鮮血染紅了《申報》,用生命在中國的報業史上寫下了輝煌而悲壯的一頁。

對照兩位新聞前輩的言行,再連繫現在「有償新聞」和「有償不新聞」的現實,我們不能不說:今天的新聞記者確實需要從優秀前人的身上汲取可貴的精神力量,恪守新聞職業道德。當然,這只是問題的一個方面。

問題的另一個方面是,邵飄萍、史量才等優秀的新聞前輩們總集拒絕賄賂和不向強權勢力妥協於一身,用古人的話說就是集「富貴不能淫」、「威武不能屈」於一身的。我想,這不是一種偶然。在邵飄萍、史量才等人的心目中,新聞理想以及與之相伴的職業操守是高於一切的,為了捍衛新聞的真實與公正,他們

不惜以命相許。正因如此，收買和恐嚇才對他們根本無用（最後他們也確實是以命相許的）。反觀今天的新聞界，能夠達到這種境界的，能有幾人？我們必須看到，所謂的「有償新聞」也好，所謂的「有償不新聞」也罷，只不過是新聞界存在問題之冰山一角。我甚至認為，金錢對新聞的腐蝕遠不最主要的，目前對新聞最大的干擾仍然來自強權勢力。「強權新聞」和「強權不新聞」對中國整個新聞事業的摧殘和傷害才是最致命的。中央電視臺的敬一丹曾經跟溫家寶總理說過，「焦點訪談」的許多批評報導胎死腹中，被「說情」掉了。能夠到中央電視臺「焦點訪談」去「說情」的，會是凡夫俗子嗎？顯然不是。我敢肯定，絕大多數都是手握重權的人。中央電視臺尚有這樣的遭際，地方媒體的苦衷就更不用說了。這一點，我想凡是有過幾年媒體從業經歷的人都會深有體會，不用在此饒舌。

當新聞媒體和新聞記者常常「不得不」向強權勢力一次次地屈服的時候，新聞的真實性和公正性其實就已經受到嚴重侵害了，新聞記者的理想和激情其實就已經受到挫傷甚至是玷污了。理想和激情喪失殆盡之後，職業道德的底線被突破也就是不值得大驚小怪了。「富貴不能淫，貧賤不能移，威武不能屈」，三句話概括了三個層次，但這三個層次又是密切聯繫著的。道德往往像堤壩，一旦決口，往往一泄千里，「威武不能屈」的口子已經被打開，「富貴不能淫」的底線肯定也會有失守的危險。道理就這麼簡單。

在中國，新聞記者總體來說應該算是知識份子吧。中國知識份子傳統的人生信條是「窮則獨善其身，達則兼濟天下」。這又是兩個層次。其實，我覺得在很多時候也是可以互為因果的，當「兼濟天下」的理想幾乎不可能實現的時候，要堅守「獨善其身」的道德底線也是很難很難的。理想和操守往往是相互依存相互支撐的，沒有操守，理想很難實現；沒有了理想，操守很難堅持。

現在的新聞記者，一部分需要被監督以恪守職業道德，更大的一部分則應從前輩那裏汲取精神力量，自我提升，重新背負理想與激情上路。

前事今識

中國近現代的新聞往事

國家圖書館出版品預行編目

前事今識：中國近現代的新聞往事 / 鄭連根著
. -- 一版. -- 臺北市：秀威資訊科技，
2009.03
　　面；　公分. --（史地傳記類；PC0077）
BOD版
ISBN 978-986-221-186-1（平裝）

1.中國新聞史　2.中國報業史

890.92　　　　　　　　　　　98003737

 史地傳記類　PC0077

前事今識 —— 中國近現代的新聞往事

作　　　　者 / 鄭連根
主　　　　編 / 蔡登山
發　行　人 / 宋政坤
執 行 編 輯 / 黃姣潔
圖 文 排 版 / 鄭維心
封 面 設 計 / 蕭玉蘋
數 位 轉 譯 / 徐真玉　沈裕閔
圖 書 銷 售 / 林怡君
法 律 顧 問 / 毛國樑　律師
出 版 印 製 / 秀威資訊科技股份有限公司
　　　　　　台北市內湖區瑞光路583巷25號1樓
　　　　　　電話：02-2657-9211　傳真：02-2657-9106
　　　　　　E-mail：service@shovwe.com.tw
經　銷　商 / 紅螞蟻圖書有限公司
　　　　　　台北市內湖區舊宗路二段121巷28、32號4樓
　　　　　　電話：02-2795-3656　傳真：02-2795-4100
　　　　　　http://www.e-redant.com

2009 年 3 月　BOD 一版
定價：250 元

讀 者 回 函 卡

感謝您購買本書,為提升服務品質,煩請填寫以下問卷,收到您的寶貴意見後,我們會仔細收藏記錄並回贈紀念品,謝謝!

1.您購買的書名:_____

2.您從何得知本書的消息?

　　□網路書店　□部落格　□資料庫搜尋　□書訊　□電子報　□書店

　　□平面媒體　□ 朋友推薦　□網站推薦 □其他_____

3.您對本書的評價:(請填代號　1.非常滿意 2.滿意 3.尚可 4.再改進)

　　封面設計____　版面編排____　內容____　文/譯筆____　價格____

4.讀完書後您覺得:

　　□很有收獲　□有收獲　□收獲不多　□沒收獲

5.您會推薦本書給朋友嗎?

　　□會　□不會,為什麼?_____

6.其他寶貴的意見:_____

_____

_____

_____

讀者基本資料

姓名:_____　年齡:_____　性別:□女　□男

聯絡電話:_____　E-mail:_____

地址:_____

學歷:□高中(含)以下　　□高中　　□專科學校　　□大學

　　　□研究所(含)以上 □其他_____

職業:□製造業 □金融業 □資訊業 □軍警 □傳播業 □自由業

　　　□服務業 □公務員 □教職　□學生 □其他_____

To：114

台北市內湖區瑞光路 583 巷 25 號 1 樓

秀威資訊科技股份有限公司　　　收

寄件人姓名：

寄件人地址：□□□

(請沿線對摺寄回,謝謝!)

秀威與 BOD

BOD（Books On Demand）是數位出版的大趨勢，秀威資訊率先運用 POD 數位印刷設備來生產書籍，並提供作者全程數位出版服務，致使書籍產銷零庫存，知識傳承不絕版，目前已開闢以下書系：

一、BOD 學術著作—專業論述的閱讀延伸
二、BOD 個人著作—分享生命的心路歷程
三、BOD 旅遊著作—個人深度旅遊文學創作
四、BOD 大陸學者—大陸專業學者學術出版
五、POD 獨家經銷—數位產製的代發行書籍

BOD 秀威網路書店：www.showwe.com.tw
政府出版品網路書店：www.govbooks.com.tw

永不絕版的故事・自己寫・永不休止的音符・自己唱